大江戸艶(つや)捜査網
悪所廻り同心

沢里裕二

この作品はコスミック文庫のために書下ろされました。

目次

第一幕　夜鷹船

一

吾妻（あづま）橋の真上にぱっと大輪の花のような花火が上がった。

「風太郎（ふうたろう）、冬の花火ってぇのはいいねぇ、なんとも乙だよ」

大川に浮かぶ屋形船の舳先（へさき）で、姉のお蜜（みつ）が藍色の空を見上げ目を細める。いい気なものだ。

「商家のお内儀である姉上が、こんな刻限に弟と一緒に張り込みなんかしていてよいのですか。義兄（にい）さんに私が叱られます」

南町奉行所、風紀紊乱（ふうきびんらん）改（あらた）め方の裏同心である真木（まき）風太郎は、舳先に置いてある七輪に手を翳（かざ）しながら姉を諌（いさ）めた。

「だって風太郎。他人様（ひとさま）のくんずほぐれつの場に踏み込めるなんてめったにありませんよ」

お蜜が双眸を輝かせている。色好みの姉なのだ。

「いやいや、姉上、今夜は淫場は踏みません。ですから姉上はもう『津軽屋』にお戻りください。そこら辺をうろうろしている空船を呼んで乗り換えればよいだけですよ」

「えっ、そうなの？　淫場は踏み込まないの？」

姉が口を尖らせる。

「どうして踏み込まないのよ？」

「はい、今宵は、夜鷹船が客を引き込むのを見定め、その船がどこに戻るのかを尾行するだけです。下船してからは、橋蔵の手下の銀次が追いかけます」

風太郎は、大川を行き交う船に目を光らせた。

立て続けに花火が上がったので、周りを行き交う大小の平船や猪牙舟の様子がよく見えたのだ。

あきらかに色香を醸し出している船が何艘かあった。

探索に姉を連れて歩くのは、女連れのほうが淫売屋たちに怪しまれないだろうと踏んでのことだが、ときにその偽装が裏目に出ることもある。

張り込みの流れによっては、囮として入り込む手もあるからだ。

風太郎たちが乗っている平船はさほど大きくない。船尾で櫓を漕いでいるのは、岡っ引きの橋蔵だ。そのすぐ手前に銀次が控えていた。

風太郎は、いつものように商家の若隠居風のなりで、姉は、そのまま商家の内儀の出で立ちである。

姉弟だが、傍目には密会している男女と映るのではないか。それが狙いで偽装している。

「その尾行、私が代わってやりましょう。あるいは私がお女郎になりたいと申し出るとか……」

お蜜が勢い込んでくる。

「よしてくださいよ。姉上には、確かに同心補佐役になっていただいておりますが、あくまで補佐役。同心ではないのですからっ」

風太郎はため息をつきながら月代を手のひらで撫でた。夕刻に剃ったばかりなのでつるつるだ。

悪所廻りという役目柄、起床はいつも日暮れどきだ。

今日も夕方から浅草に出て、暇を持て余している姉と合流し、舟遊びを愉しむ風流人を装い探索を始めていた。

新手の淫売の探索である。岡場所に対して川で色を売るので川場所などと言っている。ふざけた連中だ。

真木家はそもそも代々、南町奉行所 定橋掛(じょうばしがかり) 同心の家柄であった。

風太郎も一年前までは、来る日も来る日も江戸の橋を見て回るのがお役目であった。

一見、気楽な役のようだが、雨の日も、強風の日も、酷暑の日も橋を見て回るのは苛酷究(きわ)まりない。けれど、風太郎はこの役目が気に入っていた。

橋は下手人のように逃げも隠れもせず、毎日そこに立っている。抜かりなく点検さえすれば、その日の役目を終えられるのだ。定廻(じょうまわ)り、臨時廻り、隠密廻りの同心のように、幾日にもわたって下手人探しに頭を悩ませることはない。

昼八つ（午後二時頃）ともなれば外回りは終わり、奉行所に戻り日誌をつけて七つ（午後四時頃）には帰途につく。

ここからは毎日、好きに使える刻限だ。

風太郎は無類の女好きになり、勤務明けには春画や色戯作に耽溺(たんでき)し、非番の日は悪所通いに明け暮れていたものだ。

生涯、この生活が続くものと思っていた。

——だが、世の中、そんなに甘くはなかった。

転機が訪れたのは一年前のことだ。

南北両奉行所に新設された『風紀紊乱改め方』への抜擢である。

それは裏同心への転身でもあった。

つまり奉行所には出入りせず、組屋敷に居住もせず、市中に潜伏し悪所廻りをせよという特別な御役であった。

単に私娼や潜りの淫売屋を探りだせ、ということではない。

悪所には、さまざまな無頼漢がやってくる。勢い、盗みや抜け荷、ひいては謀反などの情報も集まる。

それらの噂を集めよ、というのである。

表向きは従兄の真木蔵之介に家督を譲り、同心を辞することにせよ、というのだ。同朋たちにもそう伝えるという。

世を忍ぶ仮の姿は、なんと風流人だ。現実味を持たせるために、奉行所から根岸に隠居家敷まで与えられた。

決めたのは奉行所内の差配をする年番方与力、松方弘之進だが、風太郎が無類の女好きであることを見破っての御役替えであった。

『これは左遷でございますか』

平伏しながらも風太郎は一応聞いた。

『いや、右へ移動なので、栄転であろう』

と年番与力は地図を指で示した。

南町奉行所のある数寄屋橋御門内からも組屋敷のある八丁堀からも、地図上では根岸は右だった。松方は数寄屋橋からひょいと根岸に指を動かした。

『そういうことで……』

風太郎は歯ぎしりした。

『春画や悪所通いでそちの右に出る者はいないというではないか。のう、真木。いろいろな女の裸を描いているんだろう?』

松方のその言葉で観念せざるを得なかった。

自らもこっそり春画を描いていたのが、この松方にばれていたのだ。

近所の蕎麦屋や金物屋の娘のおまん処を、ただひたすら妄想で描くのが、風太郎の趣味でもあった。

金のかからぬ色遊びである。

すべて妄想で描く。断じて写生ではない。

たぶんこんな具合なのではないか、と見当をつけて描く。

肉の厚みや亀裂の長さ、色具合、妄想を絵にするほど楽しいことはない。閉じてる様子と開いているときの濡れ具合。女芽が包皮から剝き出ているさまなどだ。

誰もが舐めたくなるような絵が描けたときは、とても幸せな気分になったものだ。

同輩に『久松町の酒屋の娘の絵を描いてくれ』と頼まれると、二朱（約一万二千五百円）で請け負った。

店を覗きに行き、顔と体型を写生し、後は妄想でじっくり乳やおまん処を精緻に描くのである。

依頼してくるのは同輩だけではない。

神田佐久間町の地本問屋『春風堂』の善兵衛もそのひとりだ。

禁制の春画や猥褻洒落本を密かに仕入れ、馴染みの好事家にだけ販売している善兵衛だが、風太郎の画才に目を付け依頼してくるようになった。

しかしである。

吟味方(ぎんみかた)与力、上田正信(うえだまさのぶ)様のご息女、お美香(みか)が行水している様子を描いてしまったのはまずかった。

同輩に頼まれてのことであったが、偶然にもお美香のおまん処の小蝶の形や、色合いがそっくりだったのだ。

本当に偶然だったのだが、それが松方に見つかったというわけだ。

あろうことか、役目で悪所を廻り、潜伏先では人相書きのために絵筆をとることになった。

好きでやっていたことが、御役になってしまった。好きこそものの上手なれというが、俸禄を貰って助平なことをするのは、なんとも荷が重かったりする。


今回の夜鷹船の探索はかなり面倒な役目だった。

『岡場所』ならぬ『川場所』である。

夜鷹を乗せた船が、いったい何処からやって来て、何処へ引き返すのか探るだけでも大変なことだ。

流れてきては流れていってしまうのだ。

奉行所は、元来、道端の夜鷹まで取り締まったりはしない。いたちごっこでしかないからだ。

とはいえ、この大川での新手の淫売『夜鷹船』には目くじらを立てぬわけにはいかなかった。

官許の遊里である吉原の目の前で客を横取りされては、お上の面目が丸潰れだからだ。吉原会所の頭取も怒っているという。

しかし、こんな面倒くさい探索を真木家の三人だけでやれというのも、無体な話だ。

真木家の三人とは、同心の風太郎の他に姉と妹も潜伏探索に使ってよいということだ。

これにはこれで訳がある。

お蜜は、五年前に京橋の木綿問屋『津軽屋』に嫁いでいるものの、好色さでは、弟の風太郎に負けず劣らずなのだ。

亭主の目を盗んでは、役者買い、力士買い、陰間買いに勤しみ、夕暮れの河原で乳繰り合っている男女を覗いては、手淫の種にしている。

そんな女なのだ。

その姉が、昨年、色で世間をかどわかす『弁天党』の乱の際に、自ら囮となって敵地に潜伏し手柄を立てた。

それで奉行所に認められたのだ。

裏同心格として風太郎の補佐をすることが正式に認められてしまったのだ。

お蜜ばかりではない。大奥に出仕している妹のお洋も同じ理由で補佐役として認められた。

これも『弁天党』を操っている黒幕の情報を、大奥の上臈に取り入って仕入れてきたからである。

お洋に至っては女ともやってしまう、快楽の求道者だ。

大奥はそっちの気の者も多いので、それが楽しみで出仕したようなものだ。

姉、風太郎、妹。

助平で助平でどうしようもない真木家の姉弟妹は、揃って江戸の色事を取り締まる御役についたわけだ。

『助平者ならではの勘というものがあろう』

年番与力の松方弘之進がそういった。それは当たっていると思う。

「あの船は、夜鷹船に相違ない。妙に色っぽい女がふたり乗っている。一緒にいる男の目つきもやけに剣呑ではないか」

花火で明るくなっている間に認めた一艘に、風太郎は顎（あご）をしゃくった。

橋蔵がそちらに向けて船を進める。

「一発抜いてから行きませんか。そのほうが落ち着いてお女郎と相対できるってもんですぜ」

年季の入った竹小笠に頬被（ほおかぶ）りをした男が、付近を走る猪牙舟に声をかけていた。船頭ではない。廓で言えば呼び込みと遣手（やりて）を合わせたような役割の若衆のようだ。いずれやくざ者であろう。

船頭は別にいた。白髪の老人だった。

これは間違いなく夜鷹船だ。

船は六人乗りほどの渡し船のようで、中央に女がふたり乗っており、船尾に竹と筵（むしろ）が積まれていた。

あの竹と筵で、即席の筵掛け小屋をつくり、他船には見えないようにするつもりだろう。

「橋蔵、つかず離れずの位置をとれ」

「へいっ」

「わくわくするわぁ」

お蜜は着物の上から、右手で股間をぎゅっと押した。

「姉上、おやめなさい。覗き見に来たのではありませんっ」

風太郎、二十八歳。お蜜、二十九歳である。ちなみにいま時分、千代田の御城で上役の淫処を舐めているであろう妹のお洋は二十四歳になったはずだ。

二

「確かに、吉原でがっついたんじゃぁ、無粋な客だと裏で笑われちまいそうだな」

「それに焦ると、牛太郎や遣手に足元を見られる」

猪牙舟で対岸へと向かっていたふたりの男の声がした。牛太郎とは廓の前で呼び込みをしている若衆のことだ。

「だよなぁ」

商家の手代風の男がそう言い、船頭に進路を変えるように声を張り上げた。猪牙舟は川下へと旋回した。

「あれだ。橋蔵、うまく近づけ」

風太郎は小声で伝えた。

「やるのかしら？」

お蜜が舳先からさらに身を乗りだした。

「姉上、筵を張るので、見ることはかなわないかと」

風太郎はお蜜の尻を抱え、船の中へと引き戻した。

尻にはなんとなく発情臭が漂ってくる。本当に困った姉だ。

橋蔵は夜鷹船と猪牙舟の双方が見渡せる位置につけた。こちらは小型とはいえ屋形船だ。浮かんでいるだけでも怪しまれない。

「なぁ、そこの牛太郎さんよぉ。岡に上がる前にさっぱりしてぇのはやまやまだが、こっちはふたりだ。一緒に上がれるのかい」

聞いているのは、色白の手代風の男だ。

「もちろんです。女もふたりいます。相席でよければ、せーのでいけます」

凶相の若衆が答えた。すでに渡し板を抱えている。

なるほど女をふたり積んでいる理由がよくわかった。遊里通いは連れだって行く者が多い。一度にふたり相手に出来なければ、逃げられる。ひとりずつでは間が抜けるからだ。

そこでまた花火がどか～んと上がった。

「そいつぁいいや。松次、見せあいも悪くないだろう」

手代風の男が連れの男のほうを向いた。この男も町人髷だが、こちらは色黒だ。お店者ではなく職人だろう。

「直太郎よぉ。どうせなら、女を取り換えながらやるっていうのはどうだ」

職人風の松次が答えた。

風を伝って聞こえてくるその会話にお蜜が、蕩けるような眼をした
「あらいいわね。四人羽織ですわ。見たり入れたり、舐めたり、舐められたり……あぁ羨ましいわ」

「姉上、お静かに」

まったくうるさいったらありゃしない。

若衆が、女ふたりに何やら命じて、

「よござんすよ。ただし、銭は倍いただきますが」

と答えた。

「う～ん。倍かぁ。例えば、最初の女に出さねぇで交代しても、それぞれに払うのかい？　たぶん出すのは、後のほうの女だけになると思うんだ。こちとらこれ

から吉原に上がるんで……」

　手代風が掛け合いに出た。

「せこい客だわ」

　お蜜が顔を顰める。

「ですからお静かに！」

　客の言い分、風太郎にはわかる。

「出す出さないはお客様のご勝手で。こっちも商売なので、棹を一度でも穴に入れたら百五十文（約三千七百五十円）ということにしておりやす。そのかわり、四半刻（約三十分）の間なら、どれだけ擦っても勘定は変わりません」

　若衆が応酬している。

「おっ、線香一本の勘定じゃねぇのか」

　職人風の松次が目を輝かせた。

「へぇ、そんなせこいことは申しません」

　なるほど、それなら切り見世よりも割安だ。

「直太郎、どのみちふたり相手にしても三百文（約七千五百円）だ。ためしてみようぜ」

「まぁ、そうだよな」

直太郎と松次は頷き合い、渡し板に上がった。

ふたりが乗ってきた猪牙舟は、勝手を知っているらしく、そのまま川で待機するようだ。直太郎がその分の銭も渡した。

このふたり、小金はもっているようだ。

三

「風太郎、もっと近くにいきましょう。橋蔵さん、漕いで、漕いで」

お蜜が勢い込んでいる。たぶん、男の逸物を覗きたい一心なのだ。

「いや姉上、まだ早いです。やっている真っ最中と思われるところで接近するのが得策です。何事も佳境の際は夢中で、周りが見えません」

捕まえたいのは客ではなく、女や若衆だ。そこから遡って元締を探し出さねば、夜鷹船の根絶は計れない。

風太郎はまず接近して、肉交中の女たちや、見張りの男の顔を絵にしたいと考えた。その絵を何枚も写し描きして、橋蔵や銀次に持たせせて、めぼしい船着き場を見張らせるのだ。地味だが確実な方法だ。

川や海での捕り物は、岡の三倍以上厄介だ。下手人が水に飛び込んでしまうからで、そうなると捕縛は難しい。ましてや夜の川ではどうにもならない。

船頭を捕まえても、まず下手人の素性は知らない。その日、いきなり貸切られて船を出しているというのが実情だからだ。

要は遠巻きの探索で事実を積み重ね、元締とその棲み家を探し出すことが肝心となる。

と、そのとき、

「真木の旦那。逆にうちらを見張っている船がいるようですぜ」

橋蔵が振り向かず、胸の前で親指を後方に向けた。

「うむ」

風太郎は花火が止まっている間に首を傾げるふりをしながら、さりげなく後方を見やった。

二艘の猪牙舟が一定の距離を保ちながら、こちらに舳先を向けていた。

おかしい。

吉原に向かう客ならば今戸(いまど)橋から山谷(さんや)堀に向かうはずだが、こちらは吾妻橋側だ。

しかも二艘は浮かんだままだ。

「花火見物なんじゃないかしら」

お蜜もそちらを向く。

「違いますよ」

風太郎は断言した。

二艘から流れてくる気配は、花見を楽しむなどという呑気なものではない。強烈な殺気だ。

双方の船に三人ずつ乗っていた。いずれも丸笠に蓑(みの)を着こみ、昏(くら)い眼でじっとこちらを睨んでいる。

「あれはきっと、夜鷹船の元締に雇われた探り屋ですよ」

橋蔵が声を潜めて言う。

「探り屋?」

お蜜が首を傾げた。

「姉上、探り屋とは悪事を働く場所の周辺に怪しい者が立ち入ってないか見張ったり、怪しいと思う人物の素性を割るために尾行したりする連中ですよ」

風太郎が眼を尖らせると、橋蔵も続けた。

「今やっている最中の夜鷹船の回りに、隠密廻り同心や縄張り荒しの同業者がいないか探っているんですよ」

これは相当大掛かりな元締がいるということだ。

江戸の悪党のたいがいが探り屋を雇っている。目的はさまざまだ。

この場のように、悪事をしている現場に探り屋を配するのは、近づいてくる者が危険かどうか見定めるためだ。

探り屋は岡っ引き崩れが多いので、南北両奉行所の同心たちの顔に精通しているからだ。

『目』とも呼ばれている。

探り屋の仕事はそれだけではない。

同心の眼をごまかすために、あえて目立つように喧嘩などをする場合もある。

この場合『幕』と呼ばれる。煙幕の幕だ。

もっとも重要な仕事は、強請り集りを仕掛ける相手、あるいは盗みに入る家の日常の様子を長期にわたって観察することだ。

これを悪党連中は『烏を放つ』と呼んでいる。

「風太郎、そなたの顔は知られていないのですか」

「はい。この面が割れていることはありません」

風太郎は笑った。

もとより風太郎は下手人を追いかけまわす定廻り同心ではない。ただひたすらひとりで江戸中の橋を見て回っていた七年間だ。奉行所の中でも風太郎といえば、春画を描いてくれる暇人ぐらいにしか思われていない。

そして一年前より裏同心となり、根岸に隠居暮らしの体を装っていた。家督は従兄の蔵之介に譲ったので、同輩たちも、風太郎を本当に隠居したものと思い込んでいる。探られても怖くはない。

「隠密廻りと見込んでいるんじゃねぇでしょうかねぇ」

銀次が厳しい声をあげた。

「そう勘ぐられると厄介だな」

奉行所には定廻り、臨時廻りに並び隠密廻り同心が存在する。

現在の風太郎のような、奉行所から切り離された裏同心ではなく、公の役回りである。

ただしこの隠密廻り同心は、扮装し、市中の聞き込みをするのが主体であって、探索期間も七日程度である。

敵中深く潜伏し、長きにわたって探索をつづける裏同心とは根本的に異なる。

だが――。

「きっと我らがここで引き上げても、探り屋はとことん追ってくるでしょうね。岡に上がっても、私や姉上が何処に帰るか、見定める気に違いないです」

風太郎はそう読んだ。

「それは困るわ」

老舗木綿問屋『津軽屋』の内儀と知れたら、やつらはさらに念入りにお蜜の周辺を探ろうとするに違ない。なにか弱みを握れば、いろんな悪党にその情報を売れるからだ。

そして弱みだらけの姉なのである。

こうなれば、張り込みだけというわけにもいかなくなった。こちらも勝負に出るしかない。どうせなら徹底的に嫌がらせをしてやろう。

「銀次、後ろの船に龕灯（がんどう）を向けてくれっ」

「へいっ」

銀次が間髪いれず龕灯提灯に火を入れ、後方の二艘を交互に照らした。強い光が伸びる。

相手は面食らった。

いきなり強い光を食らい、眩しさに顔をそむけたが、その顔ははっきり見えた。

「おまえさんたちの知っている顔はいないか」

そう橋蔵と銀次に声をかける。

風太郎はこの時点で相手の顔のほとんどを網膜に焼き付けていた。絵心がこんなときに役立つのである。

「う〜ん。岡っ引き崩れならだいたい見当がつくのですが、あの二艘にはいませんね。ちょいと別口の探り屋かもしれやせん」

橋蔵は首を横に振った。

「ならば、まずは夜鷹たちを驚かそう」

「合点、承知っ」

「姉上、揺れますぞ。船縁に捕まってください。橋蔵、例の手でいくぞ」

「風太郎、どうしようというのですか」

さすがに狼狽(うろた)えているお蜜を尻目に、風太郎は敢然と言ってやった。

「毒は毒を以て制す、でございます」

四

橋蔵が盛大に櫓を漕ぎ、速力を上げてまずは夜鷹船に突進していく。

疾走する船中で風太郎は屋形の中に積んであった防火用水の桶のふたつを取った。

用水桶の中身は水ではない。

ひとつの桶には、納豆と豆腐とくさやの混ぜ物が入っていた。蓋を取っただけで悪臭が漂う。

「おえっ、風太郎、なんというものを。おえっ」

お蜜が口を押さえてへたり込んだ。

「わぁぁああ。旦那、こっちにまで匂ってきますよ。おおぉくっさっ。こえだめよりくさっ」

橋蔵も手拭いで口の周りを覆って漕いだ。

「さぁ、姉上はこちらの桶を柄杓で掬って」

もうひとつの桶をお蜜の前に置き柄杓を渡す。

「これはまたなんですの？」

と言いながら、お蜜はごぼごぼと噎せた。

「水飴です」

手を伸ばして蓋を取ってやる。水飴がたっぷり入っている。お蜜が柄杓で掬うとねばねばしているのがわかる。

「いやいや、風太郎、これはあまりにも醜く酷い戦法。真木家の名折れです」

お蜜は盛んに首を横に振っている。

「いやがらせですから。四の五の言ってないで、やりますよ」

夜鷹船は船の中央に葦簀の囲いを張っていた。

四方を囲んでいるが天は抜けている。舳先に若衆が座りこみ、船頭は船尾で煙管を吸っていた。

筵の中で男女が、ぼちぼちむつみ合っている頃合いではないか。

「なんか悪いわぁ」

お蜜は肉交を愉しもうとしている男女に同情しているようだ。

「そんな場合ではございませんっ」

こちらの船が夜鷹船と交差したところで、橋蔵が夜鷹船の筵を櫓で突いた。片側がはらりと取れる。

ちょうど花火が上がったところだった。

「いやぁあああああっ」

真っ裸で手代風の直太郎の上に跨っていた女が悲鳴を上げた。その横で股を広げて職人風の松次の肉棹を本手で受けて入れている女も叫んだ。

「あっ、なんてことよ。これでは刺さっている具合が外から丸見えじゃないか」

実際、花火の明るさに白い裸体がくっきりと浮かび上がった。

そこを銀次がさらに龕灯提灯で照らす。それも騎乗位の女の尻のあたりを照らす。

「あらま、凄いですわ。ぴっちり棹が壺の中に入っています。むらむらしてきますね」

お蜜が柄杓を持ちながら、もう一方の手で股間のあたりを強く押していた。

「姉上、何をなさっている？」

風太郎は眉を吊り上げた。

「弟には教えませんっ」

「って、手の動きが丸見えなんですが」

「んんんっ。はっ」

「女芽を弄っている場合ではござらんっ。早く向こうの船に嫌がらせを」

「そうですね。花火の夜に、あんないいことをしている女たちは、許しませぬ」

どうも観点が違う姉である。

女郎と客は慌てていたが、すぐには抜かずに、肉を繋げたままだ。

気持ちの良いことの最中には、たとえ火事があってもすぐに逃げ出せない、そんな感じなのだろうか。

「さぁ、かけますよっ」

風太郎が納豆と豆腐とくさやの混合物を柄杓で掬いあげた。猛烈に匂う。鼻がもげそうな匂いだ。

それを騎乗位の女郎の顔にめがけて掛けた。

「ぐわわわっ、おえっ」

女郎が髪を振り乱しながら叫び、直太郎は飛びのき船尾に向かう。

「わっ、来るなっ、寄るなっ、川へ飛び込めっ」

若衆が叫ぶ。

吐きそうなのか、船べりから顔を突き出している。船頭はすでにげぼげぼと噎せていた。

「ならば、私も、ええいっ」

今度はお蜜が水飴を、女の孔から抜けた直太郎の剛直に掛けた。

「ぬわっ。何だこれは……ねばねばする」

直太郎は自棹に手を這わせた。肉茎にも手のひらにも、水飴がべっとりつく。

「これもくらえ」

風太郎はさらに悪臭を放つ混ぜ物を、水飴の上にかぶせるように放る。

「んんんっ、がぁ」

直太郎の顔が苦渋に歪む。気色悪いくさや混じりの納豆を、払いのけようにも水飴がべたついて、どうにも取れない様子だ。

「いやよ、私は、あんな臭いの、いやでがんす。あんた、早く抜いてっ」

松次の下にいたもうひとりの女郎が、身を振って逃れようとした。

「んんん。抜きたいが、いま、出そうなんだ、んんっ、ってか、出始めている」

松次はいかんともしがたいのか、ふたたび腰を振り始めた。

出る精子は止められない。男として風太郎にはわかる。

「いやよ。抜いてよ。わわわっ、こんなときに擦らないで。わけわかんないっ」

「ええいっ。そんな気持ちのいいこと、許しません」

お蜜がふたりの接合点めがけて水飴を張った。

「なんだっ」

「いやん、ねばねばする。あっ、ちょっとまって、あっ」

水飴を股間に食らったというのに、松次が抽送を止めないので、さらに水飴がこねくられ、どんどん白く粘りだした。

「面白いわ。ねとねとにしてあげましょう」

こうなるとお蜜は血も涙もない。

ふたりの股間にどんどん水飴をかけまくった。

「んはっ、絡まって動けなくなってきた」

松次が動きを止めた。水飴が固まりだしたようだ。

「なに言ってるのよ。さっさと抜いて」

「抜けねぇ」

「ばかじゃないの。汁を出せば溶けるのよ」

女郎が蕩けた目で言っている。膣路を絞ったようだ。

「あぁあ、出るっ、出るっ、んはっ」

どろりと出したようであった。双方の股にくっついていた水飴が少し溶けた。

「男同士の情けで放精するまで待ってやったのだ。終わったなら、くらえっ」

ふたりの顔に風太郎が納豆、豆腐、くさやの混ぜ物をかけた。

「ぐわっ、くせえ」

「だから早くって言ったのにぃ」

女郎は飛び退き、川に飛び込んだ。

「てめぇら、所場荒し（しょば）だな。こんなことやってただで済むと思ってんのかっ」

若衆が胸から匕首（あいくち）を取り出した。

とはいえ互いの間は一間半（約二・七メートル）はある。匕首ではそう簡単に届かない。

「くらぇ。くそっくらえ」

風太郎が混ぜ物をその顔にぶちまける。若衆は絶叫した。

「糞のほうがましだ。おえぇぇぇ」

川に飛び込んでいく。

これで夜鷹船にさんざん嫌がらせをしたうえ潰した。

次は探り屋と思しき二艘だ。

「さてと、姉上、もうひと芝居、打ちますよ」

風太郎は臭い混ぜ物の入った桶を大川に捨てた。悪臭はすぐに川風に流されていった。

「まだ何かやるのですか。それより、あのふたりが、私に手を振ってくれていますわ」

お蜜も夜鷹船の上で真っ裸で震えている男たちに手を振り返している。

「いや、あれは助けを求めているんです。その前に、探り屋たちを追っ払いますから、お待ちを」

風太郎が指図する前に、橋蔵はすでに舳先を探り屋の二艘に向けていた。どういうわけか探り屋の船もこちらに向かってくる。

乗っている丸笠に蓑を被った連中が腰の物に手をかけた。

浪人か。剣呑な気配は尋常ではない。これはそこいらの破落戸(ごろつき)とは違うようだ。

二艘の船に乗っている全員が刀を抜いて、迫ってきた。

「そのほうたち、何者だっ」

探り屋というよりも用心棒のようだ。

この淫売屋、ずいぶんと大がかりな一党のようだ。

「銀次。小田原提灯を」

「へいっ」

銀次が龕灯提灯をしまい、今度は床に置いてあった小田原提灯をふたつ、両手に掲げた。

『吉原御会所』と書いてある。本物だ。吉原御会所の頭取から譲り受けたのだ。

相手の顔にあきらかに動揺の色が浮かんだ。

吉原御会所は遊郭の警護のために設けられた独自の番所だ。町奉行所の同心が詰めている吉原面番所の真向かいにある。遊廓の揉め事はすべてこの会所の若衆たちが仕切っている。

足抜け、無銭飲食、恋路に狂っての刃傷沙汰。そして吉原にちょっかいを出そうとする者があれば、容赦なく拷問する男たちが五十人も揃っている。

「ちっ。遊廓の若衆かい。大川まで吉原の縄のうちだって言いたいのか」

相手の船のひとりが吠えた。浪人のようだ。抜こうとした刀の柄から手を離した。やり合う意思がないということだ。

「当たり前だ。こちとら揚屋町の芸者とお大尽を乗せての花火見物中だ。みっともねぇ夜鷹船にうろつかれたんじゃ、風流も台無しだ」

橋蔵が吠えた。

「だからといって、たたき壊すことはなかったのではないか」

浪人が言い返してきた。

「うっせぇわ。淫売の用心棒は、外房にでも出ていきやがれ」

橋蔵が煽り立てる。

「言わせておけば」

背後の浪人が抜刀しようとした。それを先頭に立っている男が諫める。

「我らは、淫売の用心棒などではない。その船の中の客に少し聞きたいことがあるだけじゃ」

男は丸笠と蓑を脱いだ。

——おや？

紋付き袴だ。浪人ではない。紋は庄内藩の支藩上木家のものだ。丸に片喰。片喰の中に『上』と文字が入っている。

「お武家様でしたか。これはどうも。しかし、何故、この町人たちに？」

風太郎は改まった口調に変えた。

「いちいち町の者に言うことではない。おい、そこの手代。あの船に乗っていた客引きの若衆や夜鷹に庄内訛りはなかったか」

田舎侍は、風太郎たちの船の横に漂っていた夜鷹船に向かってそう聞いた。

筵掛けが取り払われた夜鷹船の真ん中で、ふたりは真っ裸で震えていた。

「そういえばどっちの女も『そうでがんす』とか言ってましたよ」

手代風の直太郎が答えた。

侍たちは俄かに顔を見合わせた。

「やはりそうだ。手分けして両岸を探そうではないか」

先頭に立っていた侍は言うと、二艘の船は散っていった。

ここでまた花火が上がった。

芝居のひとつの幕の終わりを告げる柝がかんかんと鳴るように、どかん、どかんと連続して上がった。

ゆく年を惜しむように、夜空にひと際大きな大輪を咲かせている。

「中途半端なお気持ちでしょう。私でよければ、お相手いたしましょう」

お蜜はついつい声をかけてしまった。

隣で風太郎が啞然としたが、もはや、はやる気持ちは止められない。

「えっ、吉原の芸者さんが、あっしらとですか」

着物を掻き集めながら、直太郎と松次が目を丸くした。

「こんな年増じゃいやかしら」

「とんでもねぇ。てんで若いじゃないですか。けどあっしら吉原でも小見世に行くぐらいのおあししか持っていませんぜ」

ようやく着物を着終えた直太郎が、巾着を振って見せた。松次も帯を締めながら頷いている。

ふたり合わせて半両（約五万円）というところではないだろうか。吉原の揚屋町の料亭で芸者を揚げるとなれば、少なくもその三倍はかかる。

もちろん料亭で芸者が相手だから、床入りはない。

妓楼へあがる金はまた別だ。ようするに揚屋町での芸者遊びは、まさにお大尽遊びなのだ。

「そこいらの船宿で一杯やるぐらいでしたら、わちきの奢りで」

とお蜜はぽんと胸を叩いた。

「姉上っ。芸者はわちきなんて花魁言葉は使いませんっ。知りませんよ、またそんなに散財して」

脇で弟がぶつぶつ言っている。

「風太郎。これは探索ですよ。あの者たちはきっと夜鷹船についていろいろ知っています。私が聞き出します。それに、陰間を買ったらそれなりに払いもありますが、あの者たちとならお代はかからないでしょう」

お蜜としては、女を買いたい男と、男を買いたい女が出会ったのだから好都合だと思った。

「本気ですか。相手はふたりですよ」

「なんのその、ですよ。お洋が、さぞかし悔しがるでしょうね」

ふたりを相手など陰間茶屋では恐ろしく高くつくので、むしろこれは、自分にとってのほうが、うまみのある話だ。

「それがしは帰りますよ。あすでも話を聞かせてください」

邪魔な弟と吾妻橋の袂で別れ、お蜜は直太郎たちと一緒に浅草黒船町(くろふねちょう)の船宿『川満(かわまん)』に入った。

橋蔵たちもとっとと逃げていった。

橋蔵とはお洋とふたりでさんざん舐め尽くし、精汁もたっぷり搾り取ったことがあるのだ。

五

船宿『川満』はなんどか陰間としけこんだことのある宿なので、主人とも馴染みだ。

男ふたりは一階で金盥に湯を貰い、行水で身体を清めた。その間にお蜜も浴衣と丹前に着替える。

男たちの金盥での湯浴みが終わると、二階の座敷に酒膳が用意された。直太郎も松次も上機嫌で飲んだ。

直太郎は久松町の油問屋『暖々屋』の通いの手代で、松次は同じ裏長屋に住む大工とのことだ。だいたい風太郎の見立てた通りだ。

四半刻（約三十分）もすると、三人はもうぐでんぐでんになった。

浴衣姿の女と男ふたりだ。

お蜜が膝を崩すと、直太郎と松次は腹ばいになった。どちらも目は爛々と輝いている。

「ここ、見る？」

お蜜は横座りの姿勢で、わざと上の膝を上げて見せる。襦袢はすでに解いてあるので黒い茂りが、ちらり覗いたはずだ。

とはいえ、まだ見えているのは土手だ。

熟れたまん処は畳を向いている。

返事の代わりに、ふたりの喉が、ごっくんと鳴った。

「もっと見る？」

お蜜は横座りをさらに崩し、尻を畳につけて立膝にした。浴衣の裾が僅かに開き、股の狭間が垣間見られるはずだ。

茂りの下の濡れた筋。見えているだろうか。

「えっ、見せてくれるんですか。揚屋町の一流芸者のおまん処が見られるなんて、俺たちには二度とない僥倖だ。そりゃ喜んで見ますよ」

ふたりは、お蜜をすっかり芸者だと思い込んでいる。お蜜としてはよけいに大胆になれるというものだ。

お蜜は徐々に股を開いた。

松次が腹ばいのまま、畳に激しく股間を擦りつけている。肉根はもうパンパンに張り詰めているはずなので痛くはないだろうか。

それとも男の剛直は、刺激が強いほど気持ちよいのだろうか。

「はぁあ~。たまんねぇ。観音様を拝む気分だ」

直太郎が四つん這いになって、顔を突き出してきた。お蜜の股の前で、ぱんぱんと拍手して、じっと中を覗き込んできた。

なんだか眼力(めぢから)に負けて、肉の筋がぬらっと開いてしまいそうだ。

男にこんな格好をして女の割れ目を見せるなんて初めてだ。

やってみると、本当に己も感じてくるものだ。

――陰間の新之助(しんのすけ)の言う通りだわ。

お蜜がここで『おまん処見世』をやってみようと思ったのは、不忍通り(しのばずどお)りの陰間茶屋で一番人気の新之助に『お棹見世』を見せられ、卒倒しそうなほど発情してしまったからだ。

妹とふたりで買いに行ったら、どちらが先に入れるか入れないかで揉めた。そしたら新之助は我慢比べを強いてきたのだ。

『先に指であそこをくじいたほうが負けでござんすよ』

と、胡坐を掻き、僅かずつ浴衣の裾を捲り始めたのだ。最初に玉の底が見え、次に棹の根元が見えた。

お蜜はもうこのあたりで、早くも濡れて濡れてしかたがなかったのだが、太腿を擦り合わせて必死に指を這わせまいとした。

しかし、棹の胴体が見えたときにはもうどうにもならないほど淫気がまわってしまった。

女芽が尖り、乳首も腫れあがり、触らずにはいられない気持ちだ。

ところが新之助はその先をなかなか見せないのだ。

ずんぐりむっくりした亀の頭が見たい。しゃぶりたい。まんちょに入れたい。

頭の中はそんなことばかりになった。

しかし新之助はたやすくは亀頭冠を見せてはくれない。

陰間らしい焦らしだ。思わずお蜜は、

『先っぽ……』

譫言のように言い、股に指を伸ばしてしまった。気づくと、ぬるぬるの割れ目の上で指を上下させ、女芽を潰し、しまいには人差し指をずっぽり秘穴に潜り込ませていた。

『はい。お蜜さんの負け。お洋さん、こちらにどうぞ』

と、新之助。

広げた手ぬぐいで幕を作り、妹にだけを呼び寄せた。

『新さまぁの先っぽ、まぁおっきい。ひゃぁ、舐めます る』

新之助が手拭いをぱっと外すと、もはや亀頭の上に妹の口が被さっていた。

『ああ……』

お蜜はそのまま妹の口淫と肉交を見せつけられながら、ひたすらひとりでサネや穴をくじり五回も果てた。

新之助とお洋が終わったときには、お蜜はもう自触りだけで気を失っており、嵌めようもなかった。

——妹は狡をしたのだ。

腹ばいになってもじもじしていたのだが、乱れた襦袢を股の間に挟め、その布でこそこそと割れ目を擦っていたのだそうだ。帰り道にそう聞かされたが後の祭りだった。助平姉妹の思い出のひとつだ。

ただ、あのとき新之助が、

『見せびらかすのもなんとも燃えるものでござんす。おふたりに見られてわっちも久しぶりに筋張るほど硬くなりやした』

と言ったのが、なんとなくわかる気がした。

人は、互いの淫処を見たい気持ちもあるが、同時に、見せたいという気持ちもあるものだ。

*

「そんなに見たいならちゃんと見せてあげます」

そう伝える唇が、欲情にわなわなと震えてくる。

お蜜は脚を大きく広げた。浴衣の裾がまさに観音開きに左右に割れる。濡れたおまん処は、もう半分開いていた。

濡れ花がはみ出ているに違いない。

こうなると、とことん見せてあげたくなる。お蜜は両手で濡れ花を開き、皮から顔を出した女芽や、すでに差し込んで欲しくてぽっかり口を開けている秘穴も晒した。秘穴からはとろ蜜が溢れ出ている。

「おぉっ」

直太郎が四つん這いのまま、浴衣を捲って棹を握りしめた。

——えっ、なんと大きなこと。

さきほど夜鷹船で見たときは肉茎のすべてを上から女郎がすっぽり収めていたので見えなかったのだが、これは擂粉木（すりこぎ）のように太く長い。

その淫棒を直太郎は手で包んで上下させ始めた。必死の形相だ。

見せているお蜜のほうも鼻息が荒くなりだした。

いっぽう松次は、淫棒を畳に擦りつけたまま腰をがくがく揺すっている。まるで本手で女とやっているような動きだ。

「おっ、おっ、凄げぇぇな。お女郎は『おまん処見世』なんてしてくれないからな。燃えるぜぇ。あぁ、涎（よだれ）が出てきちまった」

松次は手のひらで涎を拭い、その手を股間に運んだ。唾（つば）をつけた手で、滑りがよくなったようだ。

「松の字、出そうか。さっきから溜まったままだからな」

「おうっ。早く抜きてぇな。せっかくお蜜姐さんが、おまん処見世をしてくれているんだ。いつまでもこんな格好をさせていたんじゃすまねぇ。早くさっぱりしちまおうぜ」

「そうだそうだ。早く抜いちまわないと、この姐さんに悪いや。こんなことまでしてくれているんだからな」

ふたり揃って猛烈に扱きだした。

――えっ？

お蜜は焦った。このふたり、肉交まで出来るとは思っていないのだ。なんとも清々しく、けれどももじれったい相手だ。

「あの、ここで抜き差しはしたくないですか」

お蜜は秘穴を大きく広げて見せた。奥からどろりと餡蜜がこぼれてくる。

「えぇえええぇえええ。そんなことありですかい」

直太郎が肉の尖端から白い液を少し洩らしながら、破顔した。

「今宵はありかと」

お蜜は遠慮気味に答えた。

「よ、吉原揚屋町の芸者さんが、まんちょを見せてくれるだけじゃなくて、入れさせてくれるんですかっ。あとから揚げ代を寄こせといわれても、おいらたち長屋者ですからね。そんな金子はないですよ」

松次も起き上がった。こちらの棹は中太中長だ。だが形がいい。鰓が張り出しているのだ。

先に入れるならこっちだ。

「松次さんから、入れてみませんか。あっ、直太郎さんはお乳を舐めてくださいな。言ったじゃないですか、これはさっきご迷惑をおかけした御礼ですと」

お蜜は浴衣の胸襟を開いた。自慢の豊乳がまろびでる。乳首はどちらも金時豆のように膨れていた。

「おぉおおっ」

ふたりは飛びかかってきた。目が血走っている。ようやく敷居の高さを感じていた箍が外れたようだ。

たまにはこんな荒々しい責め方をされるのもいい。

というのも、このところ、お蜜は男も女も責める側にばかりいた。

だいたいが風太郎の探索での囮か潜入で、何かを聞き出すための性愛だったため、どうしても責める側に回るのだ。寸止めで吐かせるのは、もはや得意技だ。他はもっぱら買いなので相手は優しくしてくれる。荒々しくしてくれと頼んでも、それは陰間も役者も力士も芝居なので、慣れると飽きてしまう。

お蜜がわざわざ『おまん処見世』をしてふたりを発情の極みに導いたのは、実はこのためでもある。

発情した男たちに、少々乱暴に扱われたい。

「入れちゃいますよ」

松次がお蜜の尻を抱いて、形のよい肉地蔵を挿入してきた。ずいずいと進んでくる。対面座位だ。疼いていた膣壺の壁を鰓が割り広げるように向かってくる。とにかく出したくて出したくてしょうがない男の擦り方は、無遠慮で豪快だ。

「あぁ、いい。鰓が襞に当たって気持ちがいい。荒々しくていいわぁ」

「本当ですかい。おいら褒められると図に乗る性質なんで、それじゃぁ、もっと激しく擦りますよ」

松次は腰に捻りを加えてきた。

「あぁっ」

腰を捻ると鰓も斜めになるので、当たるところが変わり、また新たな快感を生み出してくれた。

　お蜜は、一気に頂点に向かい始めたが、歯噛みして堪えた。初の相手で、たやすく最初の絶頂を迎えてしまったのでは、もったいない。

　助平女ほど快楽の疼きのひとときを長く保とうとするもので、すぐにいきたがる女はまだまだ若い。

　絶頂を踏みとどまるほど、淫気は大きく膨れ上がってくるのだ。

「あうっ、いいっ。中のあっちもこっちも突いてっ」

　一方の直太郎はお蜜の脇に座り、左右の乳をぎゅうぎゅうと揉み込んできた。下乳を上方に持ち上げられるのが、お蜜はたまらなく好きだ。

「お蜜姐さんっ。乳首がどんどん硬くなってきてますぜ。あっしはまだ房を揉んでいるだけで、尖りには触ってもいねぇんですが」

「ああん、そんなこと言っている暇があったら、弄るなり舐めるなりしてちょうだいっ」

　とうに乳首のてっぺんが疼いて、自分で触ろうかと思っていたところだ。

「合点でやんす」

　直太郎はひょいと顔を曲げて、乳首に吸い付いてきた。お蜜と松次の胸の間に顔を挟めた感じだ。

ちゅぱっ、ちゅぱっ、と吸っては、べろべろと舐めてくる。

「んんんっ。はうっ、だめっ」

これで一気に高潮に持っていかれた。いくっ。けれども口には出さない。まだまだという顔をしていたい。

お蜜はさらに歯噛みした。

「こんなしゃぶりがいのある大きな乳首は、初めてだ。どうれ……」

と言うなり、直太郎はあろうことか乳首に歯を立ててきた。軽く噛まれる。

「あうっ、気持ちよすぎます」

脳まで痺れるような快感が湧いてきて、当たり前だが肉層が窄（すぼ）まった。

「お蜜姐さんっ。凄げぇ。締まる、締まるっ。わわっ。おいらの亀が潰れそうっすよ」

松次は呆けたような顔になった。

「あれれ、あっちの乳首も凄いことになっている。かちんこちんに尖ってますよ。姐さんそんなにいいのかい」

直太郎もすっとぼけたことを言っている。片方の乳だけ責められて、もう一方がほったらかしでは、苛勃ちするに決まっている。

「そっちの乳首もなんとかしてくださいっ」

「へいっ」

直太郎が右乳首をしゃぶりながら、左乳首を摘まんだ。ぎゅっと摘まむ。怒濤の淫感が四肢に伝い、お蜜は狂乱し暴れた。思わず自らも尻を上げ下げしてしまう。

松次とは対面座位だ。土手と土手が激しくぶつかった。女芽が潰される。

「あぁあああああああっ、いくぅうううう」

とうとうはしたない声を上げさせられてしまった。上から下から快感の壺を押されては、もはや堪えることなど出来ない。

がくがくと総身を痙攣させた。いく瞬間、膣は窄まり切ったに違いない。

「ぐはっ。亀の頭が潰れた。おぉおお、出る、出る、出るっ、出るってばよっ」

松次が腰と亀頭を同時に痙攣させて、精汁を噴き上げた。熱い。膣の奥に、じゅっ、じゅっと汁の塊が当たり、余韻に浸かる暇もなく、さらに高みに押し上げられる。

「ぁあああん。いっぱいいいっちゃうっ」

訳のわからないことを口走り、お蜜はがっくりと後ろに倒れた。極上の一発目であった。

「おいっ、松の字、いつまで挿し込んでいるんだ。あっしの番だぜ」

「あぁ、待ってくれ、溜まりまくっていたから、まだ出てるんだ」

松次が身体をぶるんぶるんと震わせている。その度に、二波、三波と小刻みに、汁が飛び出してくる。

「やい、爺いの小便じゃねぇんだ。さっさと抜きやがれ」

直太郎が、もう我慢しきれないとばかりに松次の尻を蹴った。

「痛てぇ」

松次の肉根がすぽんと抜けた。お蜜はひと息ついた。

「はぅうう。ねぇ、兄さんがた、夜鷹船はよく使うのかい？」

とりあえず裏同心の補佐役らしく、聞き込みもしてみる。

「いや、よくでもねぇが、まぁ、何度かはある」

直太郎が巨根を向けてきた。本当に擂粉木棒だ。あんなに太くて長い逸物で貫かれると思うと、聞き込みなど、もうどうでもよくなる。

「いったい、どこに元締があるんだい？　いや、私としては吉原女郎の肩を持たないとならないからね」

そんなことを言いながらも気持ちは急いていて、みずから両手で、女の肉庭を開いて見せたりした。花は膠を塗ったようにぬらぬらと光り、複雑な筋が蠢いている。

「俺が聞いたのは花川戸の女衒『鬼薊一家』だっていう噂だ。吉原や四宿の妓楼に売れねぇ事情のある女たちを使って、直売しているんだそうだ」

直太郎がずんぐりとした肉の尖端を花の上に擦りつけてきた。重い。

「女衒が直売なんかしたら、妓楼と揉めるわよ」

「だから、川場所、堀場所なんだとよ。ひとつっところでやったら、岡場所になっちまうが、文字通り流れでやるんだから、いいだろうって理屈だ。馴染みになると、あらかじめ決めた屋形船に女を運んでくれたりもするって評判ですぜ」

大きな茄子のような鈴口が、秘孔に下がってきた。まだ挿し込まれてもいないのに、胸がときめき、とろとろと蜜が溢れ出てくる。女の先走り汁だ。

他にもいろいろ聞きたいところだが、欲に勝てそうもない。もはやこれまで。

「そう……」

と、お蜜は話を切り上げ、己のほうから股間を押しつけた。

ずるっ。

とろ蜜まみれの秘孔が鈴口を飲み込んだ。蜜が四方に跳ね、肉口が大きく膨らんだ。

「おうっ。入っちまったぜ」

直太郎がそのまま腰を送り出してきた。

「あぁあぁ、股が裂けそうっ」

むりむりと砲身が肉路を割り広げて侵入してきた。

「狭まっ」

と、直太郎が顔を顰（しか）める。

「あぅうううう」

貫（つらぬ）かれた刹那、あまりの心地よさに、勝手に背中が海老（えび）反（ぞ）った。

「ぐぃいいいっ。はうっ」

直太郎も懸命に巨大な砲筒を押し込んでくる。尖端が子宮に届いても、なおかつ根元まで一寸半（約五センチ）ほど残っている。それでも大きな鈴口が当たっているので、子宮のまわりからじわじわと淫感が広がってきた。

「ぜ、ぜんぶ入れてみてくださいな」

お蜜は直太郎の背中に両手を回しながら身悶えた。先ほどの夜鷹船の女郎は上からこの巨砲をすべて包み込んでいた。棹の全長が入っていたということだ。ならば、わらわも入らぬはずがない。全部収めて見たい。それが助平女の意地というものだ。

「へいっ。喜んで」

直太郎がぐっと尻を送ってきた。図太く硬直した肉杭がぴったり根元まで押し込まれてくる。

「ぁあぁあ」

開いた口が塞がらない——とは、こういう状態をも指すのではないだろうか。まんの口がかつて経験したことのないほど開いている感じだ。

受け入れた肉杭は熱く火照っている。隙間なくぴちぴちに入っているので、棹の脈動がはっきりと伝わってくる。

呼応するようにお蜜の膣壁もひくひくと蠢いた。

「さすが揚屋町の姐さんのおまん処は違うな。奥も壁もしっぽりと濡れていて気持ちいい。なんつーか上品な感触だ」

いやいやその褒め言葉は嬉しくない。

女の孔（あな）に上品、下品などありえる訳がなく、ここはむしろ下品であるべき孔だ。

「上品だなんて、味気ないって言われているみたいだわ」

お蜜は悦びの汗を額に浮かべながら、拗（す）ねてみせた。

「そんなことありゃしませんよ。駄菓子じゃなくて、上等な生菓子の感触ってぇのは、男にとっては堪らんものですよ」

満更でもないことを言う。

その直太郎が棹を引いた。嵩張（かさば）った鈴口がいきなり肉襞を逆撫でしていく。

「ぁあああ、急に動かさないでっ」

お蜜は直太郎の背中にしがみついた。しがみつかねば、耐えられないほどの狂おしい感覚に貫かれていた。

再び押し込んでくる。

「あふっ、ううっ」

巨根の出し入れに、お蜜は信じられないほど淫らな大声を上げさせられた。この先どうなってしまうのか、自分でもわからない。

「おぉお。お蜜姐さん、どんどんぐちゃぐちゃになってきましたね。たまんねぇっす」

剣の道でいえば、中段突きで打ち込まれているようで、それもめった突きと言えるほどの力強さに、お蜜はただただ翻弄された。

ふたりの横で松次は、自棹を呆けたように扱いている。さきほどのように、松次にも乳首舐めをさせようと思っていたのだが、直太郎の太棹の抽送は、そんな合の手などいらないほどの迫力を持っていた。

「ぁあああああああっ、たまらないわ。直太郎さん、私、昇天しちゃう」

お蜜は腰をがくがくと震わせ、顎を突き上げた。夜空に飛んでいく思いだ。

「おう、あっしもだ」

一瞬、仁王のような厳しい顔をした直太郎が、巨根を引き抜いた。亀頭も仁王のような顔だ。腹に生温かい汁が飛んできた。白くどろっとした粘った汁だ。どくんどくんと何度も飛んできた。四方八方に飛び散らかる。

全部出たところで、直太郎が覆いかぶさってきた。

「こんな上等なまぐわいをしたのは初めてだ。ありがとうよ、揚屋町の姐さん。あっしらはこの思い一緒忘れねぇぜ」

幸せそうな目をして言っている。

「本当だ。夜鷹船か小見世程度の女郎にしか相手にしてもらえねぇ、お店者と職人が、こんなすげぇ芸者とやれたんだ。来年はいい年だぜ」

松次に至っては涙ぐんでいるではないか。

あまりにも純情なふたりを前に、照れくさいような、芸者だなどと騙して悪いような複雑な気持ちであったが、

「あたしも充分気持ちよかったからね。年の瀬の僥倖(ぎょうこう)はお互い様だよ」

と嫣然(えんぜん)と微笑み返した。

天保十一年（一八四〇）もいよいよ大詰め。あと七日となっていた。

第二幕　金平糖

一

翌日の夜。

風太郎は岡っ引きの橋蔵とふたりでふたたび大川に出た。

夕刻、姉のお蜜が日本橋（にほんばし）『榮太樓（えいたろう）』の甘納豆を持ってやってきて、昨夜の間抜けなふたりから聞き出してくれたことを教えてくれた。

夜鷹船は近頃あちこちで流行っているが、元締のひとつは花川戸の女衒『鬼薊一家』らしい。

女衒が妓楼に女を売らず、直売りするとは色街の秩序を乱す大罪である。

幕府の色事政策の根本を揺るがすものと言っていい。

風紀紊乱改め方裏同心の風太郎は、もぐりの淫売屋や法外な金を取る妓楼を探索したり、そこに集まる悪党たちの謀議に聞き耳を立てるのが役目であるが、官許の色街そのものにたいしては、むしろ好感を持っている。

吉原や江戸四宿の妓楼は概ね奉行所に従順で、下手人探しには一役も二役も買ってくれる。

色街には色街の掟があり、その秩序が世間との均衡を図っているのだ。

――だから上手く回っている。

その色街の秩序が崩れると、南北町奉行の同心合わせて二百人ぐらいでは収まりがつかなくなるのだ。

掟破りの芽は早めに摘んでおかねばならない。

風太郎は今宵、久松町の油問屋『暖々屋』の手代直太郎に扮して、大川を流している。

夜鷹船に声をかけられる風体とは、どうやらあの手の者たちらしい。お店者か職人だ。

日頃の風太郎のような若隠居の風流人では声が掛からないのだ。

橋蔵に漕がせた猪牙舟で両国橋から吾妻橋のほうへと向かう。昨夜より冷え込んでいる。だがそこは年の瀬で、舟遊びの屋形船や吉原詣での猪牙舟も沢山出ていた。天保十一年もあと僅かだ。大晦日から正月を家で過ごさねばならない男にとっては、まさに今が遊び治め時分である。

「旦那、都合よく声をかけられるといいですがね。あんまりゆっくり漕いでいるのも何ですからね」

頬被りの橋蔵が、笑いながら言う。男ひとりを乗せた猪牙舟など吉原詣でと決まっている。あまりゆっくり進むのは逆に怪しまれるというものだ。

「吾妻橋を越えちまって山谷堀が見えても、声が掛からないようならしょうがねえ。そのまま日本堤に上がるさ。『艶乃家』の鶴巻に会いに行くのも悪かねぇ」

山谷堀の入り口まで着いてしまったら、さすがに夜鷹船は出てこないだろう。そのあたりには吉原御会所の若衆が目を光らせているからだ。吉原の若衆と言えば、そんじょそこいらの破落戸や町奴とは凄みが格段に違う。

刀を振りまわす侍でも、奴らの手に掛かると、四方八方から匕首で刺し殺されてしまうだろう。

遊廓の女と秩序を守るためなら、連中は命も惜しまない。本物の俠客なのだ。

吉原若衆は本来、足抜けと恋狂いの男を見張るために日本堤辺りにまで出張っているのだが、同時に吉原に敵対する者たちにも目を光らせている。

女郎をかどわかすやくざや諸藩の間諜だ。

吉原にはそれだけさまざまな情報や謀議が溢れているということなのだ。

「それじゃ、あっしはただの船頭ってこってすね」

橋蔵はそんなために猪牙舟を漕いでいるのでないと言いたげだ。

吾妻橋を潜ってしまった。昨夜は屋形船で花火見物の若隠居に扮していたので、この辺りに浮かんでいられたが、猪牙舟ではそうもいかない。

「橋蔵も一緒に上がればいいだろう。艶乃家にはいい女が揃っている」

「大門を潜ったら、そうはいかねえですよ。あっしには京町二丁目の『橘楼』って小見世のお奈々という馴染みがいるんでね」

橋蔵が頬被りの中で苦笑した。

これも吉原の掟だ。

一度何処かの妓楼で馴染みを作ったら、他で遊ぶことは許されない。諍いの種となる客の奪い合いを防ぐためで、女がその妓楼にいる限り、客にこれを守らなければならない。

掟破りをした場合、客も悲惨な目に遭う。

見つかったら最後、本来の妓楼の女たちがやって来て攫われる。そうと知ったら受けた妓楼も素直に差し出してしまうのだ。

攫われた後は、女郎が寄ってたかって殴ってくる。髷は切られ裸にされて、身体中にどこそこの誰と名を書かれ、さらに『変節者』『畜生』『野暮天』などと落書きされて、裸のまま仲乃町通りに放り出されるのだ。

天下の笑い者になる。

この仕置きに若衆は一切かかわらない。女の怒りは女に任せるのだ。

「おっとそういうことなら、そっちの妓楼に上がる銭は渡すぜ」

橋蔵を吉原の笑い者にさせるわけにはいかない。

「それはありがてぇことで。でしたら急ぎましょう」

橋蔵、いきなり櫓を漕ぐ手が早くなった。

今宵は雪がやみ、星空が広がっていた。山谷堀の入り江が見えてきた。

と一艘の平船（ひらぶね）が寄ってきた。女がひとり真ん中に座っている。下を向いているので顔ははっきり見えない。

「ちょっとそこの若旦那。登楼する前に軽く抜いていきませんか。四半刻（約三十分）で一朱（約六千二百五十円）です。さっぱりしてから余裕で上がりましょうや」

昨日と同じような掛声だ。夜鷹船だ。舳先から顔を出す若衆は昨日とは違う者だ。

「ちっ」

と橋蔵が舌打ちした。心はもはやお奈々のもとに飛んでいたらしい。

「おお、それもいいねぇ。馴染みにがっつくのはよくねぇや。一朱ぽっきりでいいんだな」

「もちろんでさぁ。うちらは数が勝負なんで、さっさと稼がせていただくだけで。揉め事なんか起こしませんよ」

「なら、船頭、四半刻待っておれ」

風太郎は恨めし気な顔をする橋蔵に、にやりと笑い、渡し板を進んだ。

二

「よねです」

年の頃なら十八ぐらいの夜鷹が、俯き加減で名乗った。

色は浅黒く、眼は大きい。団子鼻の狸顔だが、まだ初心な感じだ。小袖にもんぺだ。

四方は筵で囲まれていたが、天井はない。星空が見えて気分はいいが、話し声も喘ぎ声も若衆や船頭に丸聞こえの状態だ。

「まだこの稼業に入って短いようだな」

風太郎は座布団を三枚並べた床の上に仰向けに寝た。綿入り小袖の裾と胸襟を大きく開けられ、左右の乳首と肉棹が晒(さら)された。

船には前後に七輪が載せてあり、赤々と燃えているが、それでも真冬なので、玉袋も棹もまだ縮こまっている。逆に乳首は勃った。

「はい、まだ五人ぐらいとしかやってないでがんす」

よねは太腿のあたりを撫でながら言う。か細い声だ。

がんす？

庄内の出か？

「本当かい？　あっしは遊び慣れてんで、乳首をみたら嘘か本当かわかるんだぜ」

実際、風太郎にはそのぐらいの眼力はある。

「おひゃらがしてんでしょう」

「おひゃらがしってなんだ？」

「あっ、国の訛りです。からかってんでねえですか、ってこってす」

「からかってなんかいないさ。どれ乳首を見せてみなよ」

風太郎は助平な手代よろしく、よねの小袖の胸襟を開いた。

「ひゃっ」

月明かりに双乳が映る。

房はさして大きくはない。だが形はよかった。湯呑をひっくり返したような形をしている。

「どれどれ……乳首はどうだ」

右の乳首に顔を近づけた。土の香りがする女だった。

「おしょーし」

よねは顔を真っ赤にした。

「なんだ？　小便が出るのか」

「ちげぇ、ちげぇ。おしょーしは、はんずがしいって、こった」

訛りが素人ぽく、なんとも可愛らしい。

乳首は小粒で、桜色だった。

「確かに男にあまり弄ばれた跡がないな。よねさん、あんた自分でも弄ってねぇな」

「なんてこと言うだ。わだし、まんずりなんかしねって」

「そうかい。でも自触りはしたほうがいいぞ。身体が柔かくなる」

と、そこで筵の向こうから若衆の声が飛んできた。

「お客さんよぉ。あんまり吹き込まねぇでくれ。初心なところが売りなんで、廓の女みたいに手練手管になってもらっちゃこまるんですよ。下手は下手なりに贔屓がつこうってもんで」

そうゆうことか。あえて田舎臭い女で、吉原とは色を変えるって寸法らしい。

ということは、この夜鷹船の淫売稼業、定着させようということだ。

そうはさせないが、ここは、

「悪かったねぇ。そちらさんの稼業にちょっかい出そうなんて気はこれぽっちもねぇんだ。もうよけいなことは言わねぇよ。ほら、取っておいてくれ」

と風太郎は巾着から一朱銀を一枚取り出し、筵の向こう側に放り投げた。

「おっと、すまねぇ。まぁ、四の五の言わずに、とっとと抜いちまってくだせぇ」

若衆は機嫌がいい。

「それなら　よねさん、頼もうか。あっしの着物を捲ったところをみると、そっちがいろいろやってくれるんだろう」

風太郎は両手両足を広げた。大の字だ。

いずれ親方か年増の姉女郎にさっさと男をいかせる術を仕込まれているのだろう。お手並み拝見だ。

「ぎしゃばり（気張り）ますね。四半刻なんてすぐにきますから、ががら（急いで）やりますね」

訛っているが、なんとなく理解することは出来る。

よねは風太郎の胸に唇を寄せてきた。右の乳首に舌を這わせてくる。舌先が涎で濡れている。姉女郎に教わったに違いない。

乾いた舌で舐められるより、涎塗れの舌は数段気持ちいい。

「ふがっ」

ちろちろとやられ、風太郎は間抜けな声を上げさせられた。

なんともぎこちない。だが、この少しいらいらする感じが、風太郎には目新しくもある。乳首はさらに硬くなった。

「んだば（そうしたら）、下のほうもちょし（触り）ますね」

と、よねは乳首を舌先で舐めながらも、股間にも手を伸ばしてくる。『ちょしますね』という訛りが、なんとも江戸っ子の耳には新鮮だ。

長閑に聞こえるのだ。

玉袋からあやされた。これも姉女郎の手ほどきがあってのことだろう。女郎はとにかく男の淫気を掻き立てようとする。

高まれば高まるほど、射精は早くなるからだ。それは膣袋で擦る手間を出来るだけ減らそうという知恵でもある。

よねもそう教わっているのだろう。乳首舐めと玉袋握りの合わせ技で、責めてくる。このぎこちなさがたまらなく新鮮だ。

「んんんっ」

肉根がむくむくと起き上がってきて、あっという間に亀頭冠がパンパンに硬くなった。まさに女郎の思う壺なのだが、風太郎は、勃起してからの持続力が抜群なのだ。

「凄ぐ硬てぇでがんす」

と、よねは驚いたようで、舐める乳首を左に変えてきた。風太郎、硬さも並外れているのである。

硬さと持続力は鍛えたものだ、と自負している。

風太郎は生まれてからこの方、二十余年、剣術の稽古以上に自慰に精進してきた。毎日毎日、春画や色本を眺めては、手筒で握り擦り続けてきたのだ。握りは次第に強くなり、いまや竹でも割れるほどの握力で擦っている。

おかげで刀ならば業物（わざもの）、名刀の部類に入るほどの硬さのある棹となった。

持続力のほうも、寸止めの修業を積むことで、徐々に耐える力がついた。出る寸前に尻穴を思い切り窄めることで亀頭の切っ先が開くのを止めるのだ。

長さ、太さは並だが、芯の強さには自信があるのだ。

だが鍛えているのは肉棹だけで、風太郎には大きな弱点がある。

——乳首だ。

ここはまったく弱いのだ。

「はふぅう」

その特に弱いほうの左乳首をれろれろとやられ、風太郎は海老反った。おのずと亀頭が天を突くことになった。

反り返った肉茎が脈動しているのに気づき、よねが乳首から口を離した。救われた。あれで、右乳も指で触られたら、ひとたまりもなく噴き上げてしまったかもしれない。

「待ってください。ががら（急いで）脱ぐんで」

相変わらず訛り丸出しのよねがもんぺを脱いだ。女郎がもんぺというのも、風太郎は初めてで、これも何やらときめくものがあった。

よねの尻はむっちりしていた。上半身も脚も細いのだが、尻は大きい。陰毛は旺盛だ。満月の月に照らされた淫処は濡れ光っており、紅い肉がうねっていた。

よねは風太郎の腰の上に跨ると、蟹股のまま尻を下ろしてきた。

「うっ」

濡れ花に亀頭が当たる。風太郎は呻いた。女郎のくせにねとねとに濡れている。よねは根元に指を絡め花の上で亀頭を揺すり、少し馴染んだところで膣穴に導いた。亀頭が入る。

「ぎっつい」

よねは亀頭を入れたところで、ひと息ついて星空を仰いだ。

「女芽を弄ると入りやすくなるというが」

風太郎は眼で促した。秘貝の合わせ目で鶏冠（とさか）のような包皮から小豆のような芽が顔を覗かせている。

「そこはちょしたらだめだって、かっちゃ（母）に言われてださ」

よねは本当に自触りをしたことがないようだ。

「だったら、あっしがちょしてやるよ」

風太郎も訛ってみせた。ちょす、ちょしとはたぶん触るという意味だ。指を伸ばして、まずは包皮を捲る。

「あっ、こちょびてっ（くすぐったい）」

よねが総身を震わせた。さらに包皮から飛び出した紅い豆を、涎を付けた人差し指で撫でまわしてやる。

「んはぁ。わわわわっ」

よねの鼻息が荒くなった。

この女郎、正真正銘の初心だ。未通子（おぼこ）ではないが、男はさきほど言った通りの人数しか知らないだろう。

教えられた段取り通りで抜いていただけで、自分は快楽のかの字も知らないに違いない。

——狂乱させてやりたい。

風太郎はそんな野心を秘めて、女芽を擽りながら、腰を打ち返した。亀頭だけしか入っていなかった棹の全長がぐさっ、と入った。短刀で腹を刺したような鋭さだ。

「うわぁあああああああっ」

まだおぼこい肉路にむりむり宝刀を挿し込んだので、よねは手足をばたばたと動かし、絶叫した。

「おい、お客さん、何やった。手荒な真似はいけねぇぜ」

筵囲いの上から若衆が覗き込んできた。片眉を吊り上げている。

「ご覧の通り、挿し込んだだけですよ。あっしのはちょっと硬いですが、でかいわけでもありません」

と風太郎は接合しているところを若衆に見えるようにした。

「わっ、見ねえでけろっ」

よねが慌てて手でその部分を隠す。

「なんだ、それだけですか。おいっ、よね。いちいち、でっけぇ声出すんじゃねぇよ。まわりに聞こえちまうじゃねぇか」

若衆はよねのほうを叱った。

「なぁ、お兄さん。あっしはこのお女郎を気に入りました。登楼はやめるので、たっぷり楽しませてくださいい。ほらっ」

と今度は小判を二枚握って手を伸ばした。二両（約二十万円）だ。

「旦那、本気ですかい。だったらこの船、親船に舫いであっしと船頭はそっちで待ちますよ。そのほうが気兼ねなく女を抱けるでしょう」

若衆は気前よく言った。

五日分ぐらいの凌ぎを手にしたので、別船で一杯ひっかけて煙管でも吸っていたいということだろう。

やはり金の力は偉大だ。

これに関しては姉のおかげだ。裏同心を手伝えるとあってはしゃぐ姉は婚家の『津軽屋』からせっせと探索資金を運んでくるのだ。

大富豪同心のようなものだ。

そして周囲に親船がいるということも掴んだ。これは大きい。

「あぁ、あっしも遊び人だ。あんたが困るようなことはしねぇ。半刻（約一時間）たっぷりやらせてくれたらそれでいい。親船は側にいるのかい？」

筵に囲まれているので、周囲を見ることは出来ない。なるほど筵はそういう役目もしている。

「へい。すぐそこにね。ちょいと待ってくださいな」

若衆は船頭に何か命じたようだ。

どこからか綱が飛んできたようで舫う音がする。船がすーっと引っ張られた。

続いて板が渡される音。

「親分の言う通りだぜ。通の客ほど小便臭い女子(おなご)を好む。あんな訛りの強い女なんて、吉原の小見世や千住(せんじゅ)、品川(しながわ)でも願い下げだっていうのに、直売りしたら、こんなたんまり出す客もつくんだぜ。まぁ、爺さんもいっぱいやんない」

「へい、ひとはいろいろですなぁ」

若衆と船頭が親船に渡る板を踏み鳴らしながら言っていた。

女郎とふたりきりになれるとは福がある。風太郎はほくそ笑んだ。

三

「たっぷり抜き差しするとしようや」

よねの膣袋や花は、もうべちょべちょに濡れていた。

ここまでずっと挿し込んだままだったので、膣奥は十分すぎるほどに押され、快感の渦が子宮全体に行き渡っているはずだった。

同時によねは上から棹の全長を収めていたので、土手が当たっていたのだ。船がゆらゆら動くのに合わせ女芽が擦れ、よねはそのたびに、小さな喘ぎ声をあげていた。

しばらくは若衆に覗き込まれる心配もないので、風太郎はよねの尻をがっちり抱いたまま、身体を起こした。

いろいろ聞き込みながら肉交するには本手がよい。よねの足首を持ち、いっきにまん繰り返しに決めた。全体重をかける。

「うわぁああ、そんなに押されたら、まんちょの奥が抜けるべ。あうぅ」

子宮に思い切り重みをかけ、土手をぐいぐいと揺さぶった。

「でも奥をじっくり押されるのはいいだろう」

「くぅうぅう。もじゃくらねほどいいべぇ。へっぺの中が、もじゃくらね」

「それは江戸弁でどういう意味だ」

訳がわからなさすぎて、さすがに聞いた。

「まんちょの中がどうしようもない、ってことでがんす」

まだ抜き差しもしていないのに、よねの顔がくしゃくしゃになっている。初めに見たときの怯えた顔と違い、いまは蕩けたような表情だ。

「よねは、何処の出だ?」

耳もとに口を近づけ、ゆっくり腰を動かしながら聞いた。

「庄内でがんす……あへっ。なんだがええな。へっぺの中ええな」

「鬼薊一家に買われたのかい」

あえて鬼薊の名を出してみる。

「んだ。鬼薊だ。庄内からいっぺぇ女が連れてこられてる。みんな鬼薊だ」

「やっぱりそうかぁ。夜鷹船は鬼薊さんが仕切っているって聞いていたからな」

調子を合わせてみる。

「おらだちみたいな田舎者でも江戸で働かせてくれるのは、鬼薊だけだ。ああ」

よねの肉路はまだ狭苦しいのだが、ずずっと引いてまた戻すだけで、鼻の穴を大きく開いてよがるので、ついつい風太郎も興奮してしまう。鰓で逆撫でされる味を徐々に覚えたようだ。

「里は凶作で困っているのかい?」

「いんや。米はそれなりに取れている。けんどそれでは決まりきった暮らししかできねぇべ。おらたちだって、百姓の小娘でも江戸に行ってみてぇ。とっちゃ（父）もかっちゃ（母）ももっとええ暮らししてみてぇ。江戸の百姓みてぇに、贅沢してぇべ」

「鬼薊がその手立てをしてくれるってわけか」

「んだ。あっ、乳首、舐められるとええな。お客さんの舌、すっごく柔らけぇな」

よねは本気で感じている。間違いない。乳は舐めるほどに硬くなり、頬が朱に染まる。まんちょを擦るほどに鼻孔が開き、汗ばむ肌から助平な匂いが醸し出されるのだ。

だが、この女、まだ絶頂を知らなさそうだ。汁は何度か撒かれても、己は昇天したことのない体なのだ。

最初のぎこちなさがそのすべてを物語っている。

だいぶ身体が柔らかくなってきたようだ。

硬い蕾(つぼみ)を開花させるのは男の悦びだ。

風太郎は次第に出し入れの速度を速めた。亀頭の正拳突き(せいけんづ)で子宮をどんどん柔らかくしてやると、よねの喘ぎ声もひと際甲高くなる。

「どんどん、よくなってくれよ」

「んちゃ、お客さんこそ、わだしのへっぺでよぐなってけろ。どうだ、おらのへっぺ、ええが?」

健気(けなげ)だ。風太郎はきゅんっと胸を締め付けられた。

「いいよ。およねちゃんのへっぺは細くて、締まって、凄くいい。あっしも凄く気持ちいい」

「えがった。えがった。帰るときに若衆の菊造(きくぞう)さんにえがったと伝えてくださいな」

よねは女壺を懸命に締め付けながら言っている。

「客がそう言うと給金を増やしてもらえるのかい」

「客を悦ばして、また来てくれると国のとっちゃが仕事を増やしてもらえることになっている」

「仕事?」

「んだ。米だけでは限りがあるがら、野菜や草花の栽培をやらしてもらっている。それを鬼薊が買い取ってくれるんだ」

「へぇ。そういう仕組みなんだ」

風太郎は肉棒の摩擦に変化を与えた。腰を捻り亀頭の入り具合をやや斜めにし、鰓で膣壁を掻きまわしてやる。

「んんっそんな……かちゃばかね（えぐらない）でけろ。へっぺがもう気持ちよぐでたまらね」

よねの身体が一気に熱を帯び、乳首が腫れあがった。

風太郎はその乳首も再び含みベロ舐めし、一気呵成に尻を振り立てた。

快楽の頂上まで後ひと息だ。

「あぐ、んんぐ、ぐはっ。なんだべこれ、へっぺも乳も頭もおがしくなってきた。あれ、これなんだ。浮く、浮く、身体が浮くべ」

よねが必死にしがみついてくる。昇天しそうなようだが当人は困惑しているようだ。やはりよねは極楽体験がないのだ。

風太郎はさらに子宮正拳突きに土手擦りを組み合わせた。

「いやぁあああああああああ。いぐぅううう、なんだこれぇえええ」

よねが膣の上にあるもうひとつの口から飛沫（しぶき）を上げた。

「よねちゃん、極楽見たね。よかった」

「これが極楽ですか。凄すぎます。こんなの一回ごとにくらったら、身が持たないですよ」

よねは、まだ総身を痙攣させながら途方に暮れたような顔をした。なんとも愛おしい。柳橋（やなぎばし）の芸者や吉原の女郎になどない可憐さだ。

要は裏のない顔なのだ。

「今夜はあっしがこの船を借り切ったようなものだ。腰が抜けるまで掘らせてもらうよ」

「あっ、そうだ、お客さんまだ出してねぇんだ。わだしだげいい気持ちになって終わったら、菊造さんに叱られる」

「菊造がそんなに怖いのか。殴られたりするのか」

愚問と知って聞いた。女郎を締める若衆は強面で、きつい仕置きをしないわけがない。

「菊造さんはけっして手荒な真似はしねぇ。そうじゃなくてお客さんが褒めてくれると、金平糖（こんぺいとう）を一粒貰えるんだ。あれは美味しんだよ。褒められねぇと、貰えねぇ。他の女が舌の上で転がしているのを眺めているだけさ」

よねはまだ息を切らせていた。

金平糖はたしかに上等な菓子なので一粒がせいぜいだろう。江戸の町民でも金平糖となるとなかなか手が出ない。

金平糖一粒というのは洒落ているが、腹の足しになるものではない。それでも田舎娘には白い星の形をした砂糖菓子など宝物のように思えるのだろう。

――まぁ、よい。今宵の聞き込みはここらまでだ。あまり突っ込むと菊造に怪しまれる。

「今夜は間違いなく貰えるさ。さぁ、あっしも抜かせてもらうよ」

風太郎はもはや無手勝流に腰を振っては、乳首を舐めしゃぶった。

「あぁあああ。またおかしくなる」

女として絶頂を覚え、膣も身体もすっかり柔らかくなったよねは、感度もあがったようで、すぐによがり声をあげた。

狭いだけだった膣層は、いまや波打っている。風太郎の肉宝刀を慈しむように吸い付てくるのだ。

猛烈に擦った。

蕾が開花して淫乱の花を咲かせる瞬間を見るのは男冥利に尽きる。

「あぁあああああ、またすぐいぐっう。いぐぅぅう」

風太郎の下でよねが暴れた。風太郎も切迫してきた。

精汁が溜まった亀頭が一気に重くなる。はち切れそうだ。もう尻穴を窄めて我慢する必要もない。

切っ先が開いた。我慢していたぶん、いったん堰を切って出た精汁は、凄い勢いだ。

「ぐわぁああああっ。出るぞぉおお」

一升瓶の口から濁り酒を撒いたような大量の精汁を噴射させた。

ぐったりとなってしばらくはふたりで抱き合っていた。

「菊造にはこんないい女は他にいないと言っておくよ。金平糖を沢山あげてやってくれとね。また逢えるといいな」

「嬉しいわぁ。おらたちはもぐりだから、いつも同じとこってぇことじゃないけど、だいたい両国橋と吾妻橋の間を行ったり来たりさ。菊造さんは覚えがいいから、お客さんの顔を見たらまた声をかけるかも」

よねが名残り惜しそうな目をした。夜鷹船に商いの範囲がある程度絞ることが出来た。一度取った客は安心なので、その顔ははっきり覚えておくということだろう。

「菊造はなかなか才覚ある若衆のようだな。女衒屋にしておくには、もったいねぇぐらいだ」

「うん、あの人はもともと女衒じゃねぇ。『花田屋』っていう薬種問屋の手代さんだった人だ。金平糖もそこから持ってくるし、そこにいる親船も、花田屋のお古だっていっていた。私ら親船に寝泊まりしている……またお客さんと会いてぇなぁ」

よねがしきりにしがみついてきた。

お通しとは違うが、初めての極楽を与えてくれた男が風太郎だからだろう。

──愛おしい。

遊び人で鳴らす風太郎だが、どうもこの手の純情な女に弱い。

「七日に一遍は、あっしもここいらを流すとする。菊造にわかるように舳先に立ってな」

「嬉しい」

師走の夜空に浮かぶ満月がよねの濡れた瞳を照らしていた。

四

師走二十六日。

寒さも一段と厳しくなってきたが、この部屋はぬくぬくとしていた。火鉢のせいばかりではない。身体も火照ってしまっているからだ。

「善兵衛さん、これは誰の筆になるもの？」

お洋は肉筆春画を眺めながら聞いた。

武家の奥方と思える打ち掛けを羽織った女が、大きく股を広げ女陰を晒しており、口元には僧侶の大根のような陰茎が差し出されていた。女陰の精緻な描写、陰茎をあえて巨大化した凄みには恐れ入る。

お洋はときどき手入れのために、手鏡で己が淫処を覗いたりもするが、この絵の女陰は驚くほど自分の股間の渓谷に似ているのだ。

ひと目見ただけで、肌襦袢の中で乳首が勃ち、股の肉は蠢いた。

ここは神田佐久間町の地本問屋『春風堂』の帳場裏。贔屓筋だけが通される隠し部屋だ。

窓のない茶室のような一室で

「宇田川色重の作でございます」

主人の善兵衛が答えにくそうに小声で言った。なんとなく正座している股間を覗き込まれた気分だ。

「やはり……」

お洋は顔を真っ赤に染めた。羞恥だけではない。胸底には怒りの炎がめらめらと燃え上がっている。

宇田川色重。

歌川広重と聞き間違えそうな、そのいかがわしい雅号の持ち主は、あろうことか我が兄、真木風太郎なのである。

兄ゆえに子供の頃から、お洋の女陰の様子は見知っている。ここに描かれた中臈の顔はまったく別人だが、女陰の部分だけは紛うことなきお洋のものなのだ。とくに花びらの大きさ、肉芽の腫れ具合などはそっくりである。びしょびしょに濡れているさまの真贋は、自分ではわからない。

「まぁ風さまも、なにがしかの拠り所が欲しかったのではないかと拝察します」

善兵衛は明らかに風太郎を擁護をしている。

「この一枚だけではないでしょ。善兵衛さん、これと同じ花と豆の形をした春画を全部、ここにお出しなさいっ」

「いや、その」

「善兵衛さん、全部出さないと大奥の御広敷役を通じて、町奉行所に悪い噂を流させますよ」

「いやいや、それは。お待ちくださいっ」

善兵衛は口から泡を吹きそうな勢いでいったん出ていった。

真木家の次女、お洋は大奥勤めだ。今年の夏の終わりまでは御末という御目見得以下の雑用係であったが、上臈に昇進した滝沢の寵愛を受け、お使い番という外出のしやすい都合のよい役目についた。

それも滝沢直轄であるから、同じ御目見得以下とはいえ、他の女中たちよりも気楽であった。

あえて御目見得以上に引き上げられなかったのは、滝沢がお洋の身体を独り占めにしたかったのだ――とお洋は感じている。

お洋としても下手に御目見得以上の役に付かされるのは避けたいところだ。万が一にも将軍家慶様の目に止まり、お手付きにされては、勝手に宿下がりすることも叶わなくなってしまうのだ。

ほどほどに箔をつけ、意中の人と決めている人の女房になりたい。それがお洋の希みである。

二十四歳、女盛りのお洋である。意中の男はいるものの、姉、兄に劣らず淫乱の質で、日々情欲がもたげてくるので、自分でも困っていた。

今日は滝沢に頼まれての春画買いだ。

大奥では春画春本に淫具がなくては生きていけない女ばかりだ。なにしろ女しかおらず、男との情交はご法度の伏魔殿である。

中臈たちですら上様との夜伽は、あくまでお世継ぎを儲けるための御役であって、淫欲の楽しみではない。

と、なれば誰もが春画春本淫具に縋ることになる。

あちらこちらから勝手に取り寄せたのでは、いろいろ問題事も起こる。

そこで上臈となった滝沢が、纏めて取り寄せ、順に下のものに払い下げていく方法をとっている。

『お洋、これはもっとも重要なお使いですよ。そなたの目の高さを皆が買っております』

出てくるときに、そう滝沢に念を押された。

肩の荷が重い使いだった。

で、春風堂に来てみればこのありさまだ。己がまん処が精緻に描かれた肉筆を発見してしまったのだ。

滝沢に見せたら、すぐにお洋のまん処だとばれるだろう。もう五十回ぐらい舐められているのだ。わからぬはずがない。

「お洋様、これで全部でございます」

善兵衛が文箱を抱えて戻ってきた。蓋を開けると三十枚ほどの肉筆画が入っている。

「まぁ……」

一枚ずつ捲るごとに股が疼く。武家の奥方、姫様、芸者、尼僧、商家のお内儀町娘などから長屋のおかみさん、農家の娘、女壺振りなど主役の女はまちまちだが、まん処は同じ形、同じ模様なのだ。

みんなお洋のあそこ。

観点や大小はさまざまだが、どれを見てもあそこの特徴は一緒だ。

「……私のだわ」

「やはりご自分のものとわかりますか」

善兵衛は下を向いたままだ。

「わかりますっ。このそら豆を剝いたような女芽っ。蝶の形の花についている小さな黒子っ。私なんですっ」

　お洋は一気にまくし立てた。

「風さまはひょっとして『真木お洋の御満処』を後世に残したいのではないでしょうか……」

　善兵衛がもごもごと言う。屁理屈だ。お洋は善兵衛を睨んだ。

「あの兄が、そんな高尚なことを考えるわけがありません。近頃忙しくて、妄想がわかないので、ひな形のとってある私のまん処絵から写しているに決まっています。善兵衛さん、兄にはいくら払いました」

　どんどん問い詰める。

「十両（約百万円）です」

「そんなにですかっ」

「はい、手前どもでは版木を起こして、元絵一枚につき百枚ずつ刷りますんで妥当な値かと。はい、一枚二分（約五万円）から一両で売れますので」

　善兵衛が月代を掻いた。

「それもう出荷されてしまったんじゃないでしょうね」

目くじらはこういうときに立てるものだ。

「すでに諸国の好事家に捌(さば)いてしまっております」

返す言葉が出ない。

「日本中の助平が私のまん処を鑑賞している……」

春画を持つ手がわなわなと震えてくる。

「女冥利には尽きませんでしょうか」

「尽きませんっ」

お洋は元絵をその場でびりびりと破き始めた。善兵衛は涼し気な顔だ。そうか、いくら元絵を破こうが、春風堂には版があるのだ。

「刷り増しは許しませんっ。もし増刷すれば、本当に町奉行を動かします」

「どうかそれだけは。版はすべて潰します」

さすがに善兵衛は肩を落とした。

「それとこれとは違う春画、五十枚ほどただで貰いましょうか」

「わかりました。有名どころの絵師が名を伏せて描いた逸品を五十枚いますぐに見繕(みつくろ)ってきます」

善兵衛は再び出ていった。隠し納戸で秘蔵品を探してくるに違いない。春風堂

は表の棚には洒落本、滑稽本、談判本などの戯作や役者絵、風景絵を並べている
が、裏では禁制の春画春本の類を扱っている。
兄の風太郎も客のひとりだったが、その画才に最初に目を付けてくれたのが、
善兵衛だったという。
いまは風紀紊乱改め方裏同心という立場を利用して、春風堂には探索の手が伸
びないように計らっている。
その秘密を知っているのは、お洋と姉のお蜜だけだ。
善兵衛はさすがに凄い絵を持ってきた。それも大奥女中が泣いて悦ぶ、見事な
男根が中心に据えられた構図のものばかりを選んでくれた。
「付録と言っては何ですが、これも五本差し上げます。浅草の淫具屋半兵衛（はんべえ）の新
作でございます」
六寸淫棒だ。樫の木で模（かたど）った立派な品だ。
「ほう、これは善兵衛さん気が利く。滝沢様によい手土産が出来た」
お洋はそそくさと風呂敷に包むと、春風堂を後にした。次に行くところがある。

五

「友也さん、抱いてくださいな」

　雪見窓から坪庭を眺めている茶坊主の藤枝友也の背中に、お洋は抱きついた。湯屋から帰ったばかりの友也はいい匂いがし、剃髪も磨きがかかったように輝いている。お洋はこの剃髪に弱い。なんというか……アレの頭のようなのだ。

「おっ、お洋、いつの間に？」

　空惚ける友也が憎たらしい。浅黄色の作務衣を着ていた。

　板戸をわざとがらがらと開けて『友さん、友さん』と呼びながら上がって来たのに、聞こえないふりだ。

　色鮮やかな緑の生垣に囲まれた友也の居宅は、ちょうど八丁堀同心の組屋敷と同じような大きさだが、やはりそこは茶道を嗜む者とあっていたるところに風流が感じられた。

　香が芳しく、何気なく置かれた一輪挿し薊も意味ありげである。

　友也が眺めている坪庭には枯れ枝の低木が二本立っているだけだ。だがその二本の枯れ枝には底知れぬ生命力が感じられた。

お洋は勝手にそう解釈した。

──友也さんと私。

友也は江戸城本丸の茶坊主である。今日は非番で居宅にいた。

二十七歳の独り身である。

茶坊主は剃髪し坊主と呼ばれているが僧ではない。れっきとした士分である。

そして勘違いされがちだが、城に住んでいるわけではない。

通いの武士だ。

江戸城の本丸と西の丸御殿合わせて五百人おり、城内案内や給仕を担っている。多くは御坊主と呼ばれる御家人で表坊主と奥坊主に別れている。

それら御坊主を支配しているのは同朋である。

同朋は十五人しかいない。

おもに老中、若年寄の御用部屋で役人への下達や申し入れの取次ぎを担っている。つまり幕政のあらゆることに精通することになる。

友也も同朋のひとりだ。

お洋は滝沢の使いで時々、二の丸の庭園で友也と逢っていた。奥と表の双方の御広敷役を通さず内密の文を行き来させるためだ。

どういうことかといえば、滝沢と友也の父、拓也がかつて昵懇であり、その縁あっていまも表と奥の内情を伝え合っていたのだ。

その伝令役にお洋が使われていた。

お洋の意中の男とはこの友也だ。

はじめて二の丸庭園で滝沢に引き合わされた時からぞっこんで、何がなんでも嫁になりたいと思っている。

それで二度目の伝令役の際に、積極的に身体を預け、紅葉山文庫の裏でなんとか野姦に持ち込めた。

一度やればあとはずるずるべったり。お洋の思う壺となっている。

とはいえ友也のほうは、お役目の一環としてお洋が身体を開いていると誤解しているようでむつみ合いには応じてくれるが、なかなか心の奥底は見せてくれない。

それも憎たらしい。

「何がいつの間に、ですか。上方ではそういう態度をいけずと呼ぶそうですよ」

友也の背中に乳房を押し付けながら言う。

「いずれ滝沢様に頼まれて、春画を入手してきたのであろう。春風堂でさんざん淫らな絵を見て来たな。お洋、鼻息が荒いぞ。さては陰間茶屋の代わりにここにきたな」

友也はすげない。

だが、作務衣の胸の上から左右の乳首を探し出し、人差し指で軽く掻いてやると腰をもぞもぞと動かした。

男の小さな乳首を擽るのは楽しい。

友也が抵抗しない。気持ちよいのだ。

「滝沢様の丸い身体ばかりでは飽きますよ。たまには筋張った身体を。それと張り形ではないこれを」

左の乳首を摩りながら、胡坐を掻いた股間に手を伸ばす。友也の肩がぶるっと震える。

「うっ」

「あれれ、かちんこちんでございますわよ」

肉の隆起がありありとわかった。

「くっ、俺も修行が足りん」

「なんの修行でございますか」

玉袋まで触りたくなって腕を伸ばす。友也の背中に双乳がさらに押しつけられる。

「不惑の修行よ」

「てんで惑わされていますね。私が女忍びなら、お命頂戴いたしております」

と玉袋を握った。

「うわっ」

友也が身体を捩り畳の上に寝転がった。

仰向けになったところで作務衣の下衣を引き下ろす。

「あの下帯から先っぽがはみ出ています」

亀頭だけが少し緩んだ下帯からひょっこり顔を出していた。友也の形のよい剃髪頭がそのまま縮小されたような亀頭だった。違うといえば上の頭は明るい肌色で、下の頭は薄紫色ということだ。

御城ではつねに凜(りん)としている友也だが、非番でしかも湯上りとあってか、なんとなく緩い。

「見るなっ」

寝返りを打とうする友也の股間に顔を埋めた。咥えてしまえば勝ちだ。

「隙ありっ」

「なんといきなり、んんんんっ」

じゃれ合いである。色遊びはこれが楽しい。お洋はじゅるじゅると舐めしゃぶりながら器用に指を動かし下帯を剝ぎ取った。

目の前に立派な男根がそそり立つ。

「小癪な、介錯してやるっ」

友也が作務衣を脱ぎ、素っ裸で挑んできた。

勢いよく帯を解かれる。友也は着付けも出来るので、捲り上げるだけではなくこちらも真っ裸になれるのだ。

襖を開けると隣の部屋には夜具が敷かれたままだった。そこへふたりで転がり込む。

しばし抱き合って、互いの淫処を触り合った。茶人でもある友也の指の動きは繊細だ。花を上手に開かされ、豆を転がされ、とろ蜜だらけにされたところで、ずぶずぶを指を入れられた。

「んはっ」

「こんなに濡らして恥ずかしくないか」

「はうっ。ちっとも恥ずかしくないですよ。だって友也さんだって、こんななんですもの。茄子の太さで胡瓜の長さって、恥ずかしくないですか。八百屋さんみたいですね」

「おのれっ」

友也が後ろに回って、尻を持ち上げた。野姦のときと同じ後ろ入れだ。帯は解いても髪を崩せないからだ。

「あっ、入りました」

「いちいち言うな」

ぬちゃ、ぬちゃっと音を出して抜き差しされた。お洋は待望の男根挿し込みに太腿をプルプルと震わせた。

四つん這いになっているので乳房が垂れ下がる。その乳房を友也に救い上げられ、やわやわと揉みしだかれた。

「あっ、奥がおかしくなっちゃいそう」

お洋は狂乱の声を上げた。茄子のような亀頭と胡瓜なような長さの肉棹はなんといっても大迫力だ。

「滝沢様だってよい淫具を使ってくれるだろう。作り物の形のよさには生物(なまもの)は勝てないというじゃないか」

友也は大奥の淫乱ぶりを知り尽くしている男だ。日頃、お洋が滝沢に舐めまわされ、互いに淫具を挿しこみあって愉悦の声を上げていることを知っている。

いまさら隠し立てしたところでしょうがないのだ。

「ふはっ、温もりが違います。お道具には温もりがないのです。はふっ」

女壺の肉を盛大に抉(えぐ)られ、もはやしどろもどろだ。だからやる前に、お洋は淫具をお湯に漬けて温めておくのだが、そこまでは教えてやらない。

「どうせ、それがしの所に寄って、御用部屋の様子を聞いて来いと言われたのだろう」

やはり友也はそれが目的でお洋が股を開いていると思っている。

「そうじゃありませんっ。私、友也さんに温められたくて来たんです。好いた男とはやりたいに決まっているじゃないですかっ。滝沢様には何も申し付けられていませんっ」

女壺をきゅんきゅんと締めつけながら訴えた。

「本当かな、そうだとしたら嬉しいが」

友也の速力が上がった。

「はぅうううう。気持ちいいっ」

「昇れ。お洋の蕩けた顔が見たい」

なんて耳障りのよい言葉だろう。毎日でも見せてあげたい。

「ぁあああああっ、いぐぅううう。うわぁああ」

お洋は一気に高潮に浚われた。そして差し出した膣穴の奥底に熱い汁が掛かるのがわかった。鉄砲水のような勢いだ。

「友也さまぁあああ」

四つん這いのまま振り向くと、友也の紅潮した顔があった。

「おぉおお」

精汁を吹き出しながら唇を吸われた。上も下もぬるぬる。この世でこれほど気持ちがよいことはない。

汗みどろになってもしばし抱き合っていた。

「先日、西の丸目付から本丸目付勝手掛(かってがかり)にご昇進された鳥居耀蔵(とりいようぞう)様の鼻息が近頃荒い。水野(みずの)様にだいぶ気に入られているようだ」

耳もとで友也がそう囁(ささや)いてきた。

滝沢の耳に入れておけということだ。鳥居耀蔵の噂は大奥でも聞いている。耀蔵は大学頭である儒学者林 述斎(はやしじゅっさい)の三男だ。

約二十年前に二千五百石旗本の鳥居成純(なりずみ)の娘婿となり鳥居家の家督を継いだ。武家の三男ならば無役の冷や飯食いであったが、鳥居家の跡を継いでからはめきめきと頭角を現した男である。

先の将軍家斉(いえなり)公に目をかけられ出世したが、代替わりとなるとすぐに家慶公に取り入ったあたりは、水野忠邦(ただくに)と似ているという評もある。

「改革派ということですね」

お洋はまんちょの孔に指を入れながら聞いた。まだ余韻を楽しみたいのだ。

「なんでも南町奉行の座を狙っているらしい」

友也が乳を撫でてくる。優しい触り方だ。

「しかし、南町には大御所肝いりの筒井政憲(つついまさのり)様がいらっしゃるはず」

友也の棹に手を伸ばしてみる。握ると徐々に回復しだした。

「大御所もそろそろと見込んでのことだろう。下劣な奴らだ」

友也と滝沢は大御所派である。庶民を締め付ける倹約策よりも大御所の唱える贅沢奨励策のほうが民のためになると思っている。

「しかし大御所はまだ健在」

手のひらで亀頭を包み込むように撫でると、一気に直立してきた。

「鳥居は相当な賄賂をつぎ込んでおるそうな」

そうでなければ水野忠邦が引き立てるわけもないのだが。友也が女芽に指を這わせてきた。びくんと背筋を反らされる。

「どこかの商人と組んでいるのでしょう」

「花田屋という薬種問屋が後ろ盾となっているとの噂がある」

花田屋?

その店の名は知っている。姉のお蜜がよく漢方を処方してもらっている店だ。なんでも近頃は砂糖菓子も少し始めたようで、姉はときどき金平糖を買っている。相変わらず贅沢好きの姉だ。

正月三が日は大奥の催事があるので戻れないが、四日には根岸に戻るつもりだ。兄は吉原、私は下谷でそれぞれ色事初めをするつもりだが、姉も多分来る。そのときに花田屋の金平糖を買ってきていただこう。

もっともいまはそれより、目の前の欲を満たすことが先決だ。

「もう一回入れてくれませんか」

お洋は男根を強く握って、せがんでみた。

「そうだな」

友也も女芽を逆撫でしてくる。

男と女は所詮、天下のまつりごとより、舐め合い、触り合い、嵌め合い、だ。

「年貢の代わりにたっぷり汁をお収めしてくださいな」

「嵌め納め、だな」

夜具の上でふたりは再び蛇のように絡み合った。

第三幕　やられ損

一

年が明けた。

天保十二年（一八四一）睦月（一月）。

七草も過ぎ、江戸の町はようやく正月気分から抜け始めていた。

数日前までは、町のあちこちを回っていた獅子舞や三河万歳（みかわまんざい）の芸人たちは影を潜め、赤ら顔で新年のあいさつ回りをしていたお店者（たなもの）も、今日あたりからは紺の小袖にきりりと前掛けを締めて、初売りに声を枯らしていた。

いまだに長屋でごろごろ正月の宴を引きづっているのは、出職の職人か浪人ぐらいのものだった。

夕七つ半（午後五時頃）。

日本橋本石町の表通りが茜色に染まりつつあった。

日本橋室町の北にあるこの界隈は、薬種問屋が居並ぶことで知られるが『花田屋』は中でもひと際広い間口を持った大店であった。

薬種問屋とあって正月休業は元日のみで、二日から商いを始めているという。世に数多いる病人は薬に困ってはならないという主人源六の肝いりで創業以来、そうしているという。

さすがは御用商人なだけはあって見上げた心掛けだ。

真木風太郎は物陰からじっと店先を眺めていた。

どんな客が多いのか、あるいは変わった客がいないかの探索である。

正月四日に姉のお蜜と妹のお洋が根岸の真木家に戻ってきた。

さんざん色噺しに花を咲かせ、姉妹は不忍通りの陰間茶屋へ、風太郎は吉原の艶乃家に上がり、色初めをすませた。

お蜜は花田屋には詳しかった。同じ日本橋の商家ということもあり、番頭や手代たちとの交流もあるようだ。

お蜜もときに腹薬などを求めたりもしているが、日本橋界隈での評判は芳しくないそうだ。

『花田屋源六は一代であれだけの店にしたのでそれだけに身勝手で、他の老舗のように鷹揚ではないそうよ』

お蜜はそう切り出した。

つまり大胆な値引きや他店が顔を顰める媚薬、精力薬の引き札を憚らずに店頭に陳列しているというのだ。

なるほどこうして眺めていても居並ぶ老舗の店構えは何処かどっしりして、店頭に引き札など張り出していない。

対して花田屋はまるで芝居小屋か土産物屋のごとく引き札を軒先に並べている。風に舞ってひらひらとしている紙に書かれている惹句は『元気一発』『七割引き』『本日限り煎餅一枚付』などあからさまだ。

これではたしかに本石町の古老たちは眉を吊り上げることだろう。

花田屋がここまで大きくなったのは、源六が六種の薬草で調合したという風邪薬の『凄六』が風邪どころか、男の精力を漲らせる副効能があったためとされている。

意図したことではないにせよ、目的を違えて買い求める男たちが多いそうだ。

『近頃では菓子にも手を伸ばしているそうです』

お蜜はそう言って金平糖を買ってきてくれた。星形の砂糖菓子である。なんでも大口の小売店や武家に付録としてつけたのが人気を呼び、本格的に長崎から取り寄せているという。

いまや自前の弁財船まで持ち長崎から漢方、蘭方の薬を直に運んでくるといい、また仕入れだけではなく、長男の宏保がみずから薬草を調合し独自の薬も開発しているというから、他の大店もやきもきしている。

源六はいずれ本石町を独り占めにして見せると豪語しているそうだ。

――やり手だ。

風太郎は素直にそう思うところもある。

新しい工夫をせず、株仲間たちとの談合で己らの商圏を保とうとする考えばかりの商人では、発展はない。

――先例主義の幕臣と同じではないか。

だが一方で花田屋がこれほどの軋轢を抱え、なおかつ商人としての品格を欠いているにもかかわらず、御用商人として取り立てられているのには、裏があるはずである。

自前の弁財船まで持つなど廻船問屋の商いにまで立ち入っているのも、そうそう許しを得られるものではない。

　鳥居耀蔵と繋がっていると考えるのが妥当だが、どう繋がっているのだろうか。

　そして鬼薊一家の色商売を支援しているのはなぜなのか。

　さまざまな疑念が重なり合う花田屋である。

　とそのとき、店からひとりの若い女中が飛び出してきた。継ぎ接(は)ぎだらけの小袖に紺の前掛けをした丸髷の女だ。

　胸襟を必死に掻き合わせて室町のほうへ駆けていく。

「まてこらっ。この盗人女がっ。町の衆、頼みます。その女を捕まえて下さい」

　手代が追ってくる。その背後からは凶相(きょうそう)の男も厳しい眼で追ってくる。

　女は途中で下駄を投げ飛ばして裸足で逃げている。あまりの切迫した表情に、通りの人々はむしろ道を開けている。

　逆に追っ手のふたりには、他店の手代たちが箒などを持って邪魔立てしていた。

「やいやいやい、こんなときに掃除なんかするなよ」

「そんなのこっちの勝手だろうが」

　三軒隣の薬屋はいきなり店前の大八車を引いて道を塞ぐ。商売敵としての日頃の鬱憤(うっぷん)であろう。

「おっとと」

手代と凶相の男は飛び跳ねて立ち止まった。

風太郎は女を追った。

女は『山本海苔店』の手前を伊勢町のほうへと逃げる。西堀留川の手前で風太郎は追いついた。小舟町の河岸の反対岸だ。

こんな刻限でも川にはまだ日本橋の大店の蔵に荷を運ぶ平船がたくさん行き来していた。

蔵地の方へと渡る荒布橋のたもとに流しの猪牙舟が一艘、停泊していた。

「追っ手ではない。逃げるなら船を雇ってやる。そのほうが遠くへ行けるぞ」

風太郎は船頭に手付の一朱銀を放り投げる。

「お武家様は？」

女が訝し気に睨み返してきた。目の下に隈が出来ている。頬はこけ、双眸はぎらぎらと異彩を放っていた。

「案ずるな。若隠居の身だ。暇つぶしに付き合ってやる。そら手代が来る前に逃げよう」

「奇特な方だ」

「どこへ行きたい」

「深川佐賀町（ふかがわさがちょう）……」

女は蚊の鳴くような声でいう。

「船頭、深川の永代（えいたい）河岸へやってくれ」

ふたりで船に乗った。

女は船が滑り出したとたんに胸襟から小さな袋を出した。匂い袋である。

匂いはしない。香の代わりに中から金平糖が出てきた。白い砂糖が二十粒くらいだ。

女はそのうちの一粒を舌の上に乗せ、ゆっくりと舐め始めた。

船が江戸橋を過ぎ霊岸島新堀（れいがんじましんぼり）に入る頃、女はようやくひと息ついたように笑顔を見せた。右岸は八丁堀だ。一年前まで住んでいた組屋敷が岸の向こうに広がっているはずだ。懐かしくも帰りたいとは思わない。

いまの暮らしが性にあっている。

「金平糖のために奉公を投げ出したのか」

豊海（とよみ）橋が見えてきた。その先は大川で深川に渡る永代橋が架かっている。

「この飴があればおっかさんの病が治せるんです。ですから、あたい、命に引き換えてもと、この飴を持ち出したんです」

　言うなり女はわっと泣き出した。

「訳を聞こうじゃないか。花田屋の話も聞かせてくれたら、あっしに出来る手助けならしてやるぞ」

　大川に入ると猪牙舟は一瞬下流に流された。船頭が懸命に棹を回し、対岸の深川佐賀町の河岸の方へ小さな船を導いていく。ちょっとした難所だった。

二

「こいつを舐めたからって病がよくなるはずはないんだが。あんた名前は」

　風太郎は金平糖を眺めながら、女の顔を覗いた。

「こゆきです。でも、前におっかさんが風邪をひいたときに、こっそり手代さんに分けてもらって、飲ませたらたちまちよくなったんです」

　こゆきが肩を震わせながら涙を拭いている。

　ここは深川佐賀町にある長屋のそのまた一番奥まった位置にある部屋だ。

　土間をあがった四畳半に夜具が敷かれ、こゆきの母親が寝ている。やせ細っていて、粥を啜るのが精いっぱいのようだ。

「手代っていうのは、さっき追いかけてきた奴かい」

商売敵の店の荷車に邪魔されて、すっ転んだようで、それ以上追っては来なかった。

「いいえ、菊造さんというもっと優しい手代さんでした」

「菊造?」

それはあの夜鷹船に乗っていた若衆だ。そういえばあのとき身体を合わせたよねという女郎も、客に褒められると金平糖を一粒貰えると言っていた。

何か繋がりがあるようだ。

「こゆきさんさ。女衒の鬼薊一家というのは知らないかい」

風太郎は長屋に入る前に振り売りから買った白飯結びと沢庵を齧りながら、おもむろに聞いた。

結びと沢庵はむろん、こゆきと母親にも渡したが、手を付けようとしない。疲れすぎて食欲がないのか。

母親も首を振って受け付けない。まあいい。

「鬼薊の連中は次男の麻次郎さんのところへよく来ます。買い取ってきた娘や面倒を見ているお女郎さんたちが働きやすいように、何かと薬を取りに来ているようです。この金平糖もよく渡しているんですよ。胃弱や風邪によく効くといってたいそうなお金で買っていくそうです。旦那様は、いずれ吉原で廓を持ちたいようで、鬼薊にその繋ぎを頼んでいるって話です」

こゆきは結びを醤った。

なるほど花田屋は、薬種問屋だけではなく、いずれ色商売にも手を伸ばそうという魂胆らしい。

それでまずは女衒の鬼薊一家を手駒に使っているということだ。

「しかし、吉原の株を持つのは至難の業だぜ」

吉原は外からの参入者を嫌う。中には中の定法があり、町奉行所でさえ下手に手を出せないのが実情だ。

「はい、すぐには無理なので、ときどきに待合を借り上げて『一夜妓楼』というのをやっているそうです。『色椿楼』という在所がさだまっていない廓なんだとか。麻次郎さんがそれを仕切っています。料亭を借り上げる日もあるそうです」

器を花田屋の次男麻次郎が用意して、女を鬼薊一家が入れる。そいつは立派な一夜妓楼だ。

「ということは、後継ぎは次男のほうなのかい」

「いいえ。花田屋は嫡男宏保さんが継ぐと決まっております。麻次郎さんは不服のようですが」

「不服？　次男がそういうことを言い出せるのか」

「はい、奉公人だった私が言うのもなんですが、大旦那の右腕となって店を切り盛りしているのは麻次郎さんなんです」

　母親が寝返りを打った。それだけでも苦しそうで、激しく噎せている。こゆきはその背中を摩っているが、こゆきの手の甲もすでに骨が浮き上がっている。母娘共にやせ衰えているのだ。

「なるほど。長男に商才がないということか」

「兄の宏保さんは、商いよりも薬草栽培やら薬学の習得に専念してます。長崎にもたびたび出向いており『うちは薬屋だ。菓子屋でも娼家でもないぞ』が口癖です」

　そっちはそっちで本業を背負っているという自負があるようだ。

　父、源六は薬草師としても商人としても才があったが、倅たちは片方ずつしか受け継がなかったということだ。

「その金平糖は本当に効くのかい？」

風太郎は話を元に戻した。そういえば船の中でおゆき自身も舐めていた。

「はい。奉公でくたくたになったあとでも一粒舐めると、たちまち元気になるんです。頭もすっきりします。菊造さんは二回しかくれなくて、そのあと鬼薊一家のほうへ行かされてしまったので、貰えませんでした」

「それでかっぱらいを始めたんだな」

「私は置き場所を知っていたんです。麻次郎さんの部屋の押し入れの中です。茶壺に沢山詰められています。十粒ぐらい取り出しても全く気づかれませんでした。それでときどきこっそり……」

盗んでいたというわけだ。

「どのぐらい前からだ」

「三月(みつき)ぐらい前からです。おっかさんが腹の具合が悪いというので、これならすぐ効くのではないかと、麻次郎さんの部屋にこっそり入って、十粒盗みました」

それからこつこつ盗んでは、母娘で服用していたらしい。ついさっきも母親に金平糖を一粒食べさせたばかりだ。

だが元気になるどころか、母親は眠たげな表情になるだけで、すぐに伏してしまった。

「その金平糖、一粒ゆずってもらえないだろうか。一両出す」

風太郎はさっそく切り出した。とりあえずは何事も金だ。金がすべてではないと寺の坊主は説くけれど、金でかなりな幸は得られると思う。

「えっ、けれど……もう金平糖は手に入れられないし」

小雪は逡巡しているようだ。上菓子を扱う菓子屋でも店先で金平糖は売っていない。実際、幾ら一両を持っていても町中で金平糖を買うのは難しい。

「なら二両だ。それと明日にも、腕のいい医者をここに呼んでやる。金と金平糖の引き換えはそのときでいい」

二両と言えば、長屋住まいの母娘が三月は凌げる額だ。

「当面、奉公先も決まらないでしょうし。二両いただけるなら」

と、こゆきは、金平糖の入った匂い袋を握りしめた。

翌朝、風太郎は本道医、佐藤明庵を連れて、深川佐賀町の長屋を再訪した。

明庵は、奉行所直轄の裏医師だ。日頃から毒草の探求に余念がない。不審死の検死をおもにやるからだ。先日も腹痛で死んだ若い経師屋が河豚の肝を天ぷらにして食わされていたと見破った。

探索の結果、下手人は、経師屋に横恋慕し袖にされた団子屋の女将だと判明した。

つまり明庵は毒の泰斗なのだ。

「これは衰弱がひどい。それに脳髄が少し麻痺しているかもしれない。私のほうで生薬を煎じよう。ですが本復までにふた月はかかるぞ」

明庵はまず母親をそう診立てた。

続いてこゆきの眼球を診、口の中も覗き込んだ。手首の脈も取る。

「大福や団子は好きか」

唐突にそんなことを聞いている。

「はい。このところとてもよく食べます。餡子が恋しくてたまりません」

その割に痩せている。

「煙草や酒は」

「いいえ。お酒は以前は少々いただいていましたが、いまは匂いを嗅ぐのもいやです。煙草はもとよりやりませんが、これもいまはなおさら匂いがいやになりました」

「やはりそうか。尿をもらおう」

「えっ」

「持ち帰って、そなたの尿の中に毒が混じっていないか、調べたい」

明庵は医者らしく淡々と言い、竹で編んだ箱の中から尿瓶を取り出した。

風太郎はこゆきが小便をしている姿を妄想して、淫気を催した。

「あっはい、わかりました」

こゆきが尿瓶を手に取った。どこか自分でも心当たりがあるのだろう。

「娘さんのほうも、見た目こそ元気そうだが、かなり衰弱しておる。餡子や甘味ばかり取って、他はさほど食べないからだろう。どこかでじっくり療養する必要がある」

明庵が眉間を扱く。何か深く考えている様子だ。

「療養などと言われても、私たちは他に行く当てなどありません」

「根岸のそれがしの家の近くに面倒を見てくれる農家がある、そこにおふたりを匿いましょう」

風太郎が言うと、こゆきが怪訝な顔した。

「匿う?」

「こゆきさん、あなた、花田屋がこのまま見過ごすと思いますか。鬼薊一家が必ず、攫いに来ますよ」

風太郎は諭した。

事実、昨夜、鬼薊一家と思われる破落戸がこの長屋の近くまでやって来ていたのだ。

それを闇討ちにしたのは橋蔵の一党だ。岡っ引きの橋蔵は一家こそ構えていないものの腕利きの一党を率いている。日頃は風太郎の下働きをしているが、あれで立派な俠客なのだ。

いまも橋蔵の手の者が、この界隈を見張っている。

だがそれは言わなかった。

「そうまでして私たちを助けてくれるあなたは……」

何者かと聞きたいらしい。

「こゆきさんに下心のある遊び人でげす。本復したら、一発やらせてもらえませんか？　いや無理にとは言いません」

あっけらかんと言ってみる。

寝ている母親が『むぅうう』と唸り声をあげ、明庵がぽかんと口を開く。

「一発……ですか」

こゆきは絶句したが、拒否はしなかった。

——やれるかも。

そうなれば役得だ。

こゆきが厠へ行きじきに帰ってきた。恥ずかしそうに尿瓶を差し出すと、明庵はこともなげに箱に入れ蓋をした。

最後に金平糖と二十両を交換する。

「これから厄介になるのですから、一粒ではなくすべて差し上げます」

こゆきが袋ごと寄こす。

明庵がその匂いを嗅ぎ、少しだけ噛んだ。

「やはり……相違なかろう」

風太郎のほうを向いて言う。

「そうですか」

ここに来る途中の猪牙舟の中で、明庵は金平糖には唐物の阿片が混じっているのではないかと、当て推量していたのだ。

その推量に間違いなかったということだ。

薬種問屋、女衒一家、金平糖を欲しがる女たち。それらに阿片を当てると辻褄があってくる。

　これは淫売の摘発には終わらなそうだ。裏の裏まで探らねばなるまい。多少、暇がかかりそうだ。

　そのとき、不意に姉の顔が浮かんだ。

　潜ってもらおうか。

三

　年が明けてからというもの、寒い日が続く。

「あんたかい、御旗本の奥女中で金がいるっていうのは。彩夏はあたしだよ」

　昼八つ（午後二時頃）の鐘が鳴ったばかりの浅草寺の境内。

　彩夏という女が声をかけてきた。

「はい。ただし家名などはご内密に」

　お蜜は俯いたまま答えた。

　風太郎に頼まれて、鬼薊一家へ投げ文を入れた。昨日のことだ。

『色椿で働きたい。蜜乃。明日昼四つ（午前十時頃）両国広小路の古市で待つ。

紺の小袖に薊の簪』

そう書いた。

岡っ引きの橋蔵が『色椿楼』について、その筋の者たちにいろいろ聞き廻った。一方、風太郎は神田佐久間町の『春風堂』に赴き、善兵衛に好事家たちに当たってもらった。

風太郎自身も花田屋の次男、麻次郎を何度も尾行した。もともとは花田屋の手代で、鬼薊一家では女郎をまとめている菊造をしばしば見ていた。おもに両国の小料理屋だ。ときに料亭を使うこともある。

そんなときは鬼薊の親分、豪造も現れた。

その結果『色椿楼』は月に二度程度、常に場所を変えて開かれていることが分かった。

『女郎と言っても素人くさい女ばかりだそうでございますよ。しかも田舎娘から大身旗本の娘や商家の内儀までいろいろだということでございます』

善兵衛が客から聞いた話だそうだ。

女たちは口伝えに集まってくるのだという。春風堂の客のひとりだった武家の姫様はみずから鬼薊の屋敷に文を投げ入れ、雇われたそうだ。

お蜜もその手を使った。

風太郎は風太郎で、夜鷹船まいりを繰り返し、菊造の馴染みになろうとしている。そこから客として『色椿楼』へ上がろうという魂胆だ。

女郎と客として出会ったら面白い。

二刻（約四時間）前、両国の古市で壺や茶碗を眺めていると、風車をもった童女がやってきて、文を渡された。

『湯島の風星堂で紅白饅頭を二箱買いなさい』

そう書いてある。そこから尾行されるのだと察した。お蜜は町駕籠を雇い、湯島に急いだ。ときおり駕籠から顔を出し後ろを見たが、追ってくる駕籠はなかった。

風星堂で紅白饅頭を買うと売り子の女に話しかけられた。

「お蜜乃さんですか」

驚いて頷くと小声で言った。

「天神様の横の灯籠の前で、辰五郎さんが待っているそうです」

誰だそれ？　と思ったものの、お蜜は「あらそう」と頷いた。売り子は「あの人は役者さんですか」とにやにやしている。

逢瀬と勘違いしているようだ。

なるほど、道ならぬ仲のふたりが偶然会ったふうにするには、こうして売り子などを間に挟むのだ。

湯島は不忍と並び待合が多い。

それにしても、もう客を取れということだろうか。役者のような男なら、それはそれでやってみたいものだ。

「ええまぁ」

と答えて、お蜜は参道を急いだ。

指示された灯籠の前に行くと、誰もいない。きょろきょろしていると背中が丸くなった爺さんがやってきた。出っ歯で狐目の爺さんだ。

「辰五郎だ。あんたが蜜乃かね」

しわがれた声で聞かれた。

「はいそうですよ」

役者のようないい男とは似ても似つかない辰五郎だ。舐めるような眼つきで、お蜜の顔、胸、尻、足首などを見つめている。

品定めか？

何人も間に入れているようだ。

今この瞬間にも風星堂の売り子に伝言を頼んだ辰五郎が、どこかから覗いているに違ない。

「どこかの内儀か」

「いいえ、御旗本の奥女中です。実家の父が博打でやられて借金をこさえました」

「幾らだ？」

「十両（約百万）です」

「こっちの取り分もあるから二十人とやらないとその金は手に入らないぜ。四回から五回、廓に入ってもらうことになるが出来るのか」

「覚悟は出来ています」

「うちは証文はとらねぇ。だが、たっぷり仕込む。今日から三日は帰れねぇがいいか」

「十日の宿下がりの許しを得ています」

しばし辰五郎に眼の奥を覗かれた。鋭い眼だ。人を殺したこともあるに違いない。そんな眼だ。

「なら浅草寺の境内に行け。五重塔と薬師堂の前を行ったり来たりしていたら、彩夏という婆さんが声をかける。あんたを仕込む婆だ。それが嫌なら帰れ」

辰五郎にそう言われた。ここまでのところで、お蜜の面をとらえたということだ。おそらくこのとき、鬼薊や色椿楼に関わる何人もの者が監視していたに違いないのだ。


彩夏は婆ではなかった。

年の頃なら二十六、七。お蜜よりも幾つか若いことは間違いない。黒髪をだらりと背中に垂らし、黒い小袖に柿渋の褞袍(どてら)を羽織っている。鉄火(てっか)な気配を漂わせた女だ。

「まぁ確かに、たいした旗本の奥女中って風情だな。うちらの稼業に真実(まこと)なんていらない。風情があればいい」

「嘘ではありませぬ」

お蜜は芝居した。いまは商家の内儀だが、これで元は武家の娘だ。

「稼ぎたいなら床上手(とこじょうず)になることさ。早速仕込みを始めるよ。ついてきな」

彩夏は伝法院の脇の道をどんどん歩いて行った。花川戸の鬼薊一家に連れ込まれると思ったが行先は違うようだ。

浅草寺よりも下谷寄り。新寺町の一角にある寺に入る。

『満春寺』。

「門を潜れば町奉行の差配違いさ」

彩夏がそう言って砂利道を進む。小さな寺だ。本堂の脇の社務所はあるだけのようだ。

いったいここで何をしようというのか。境内を進むに連れて香の匂いが強くなる。白檀、麝香の香りまではお蜜にもわかるのだが、もうひとつわからない匂いがある。

お蜜は思わず鼻を鳴らした。

「そう、思い切り吸い込んだらいい。あれは麻香だよ」

「麻香？」

そんな香は聞いたことがない。

「渡来品でしょうか」

「それは言えないね。さぁ、中に入ったら、香をいっぱい吸い込むんだよ」

彩夏に導かれ、社務所に上がった。

紺染めの作務衣をきた寺男（てらおとこ）が出てきた。

「女郎にはまず行水してもらう」

驚いた。そう伝えてきたのは、先ほど湯島天神の灯籠の前でいろいろ聞いてきた辰五郎だった。

「この寒さの中で行水ですか」

お蜜は、さすがに目くじらを立てた。

「案ずるな。裏の土間に湯を用意してある。乳とまん処さえ洗ったらよい」

腰が曲がったままの辰五郎がくるりと背を向けて、薄暗い板廊下を進んでいく。ところどころに行灯が置かれていて、その光に襖の隙間から流れてくる白い煙が照らされていた。

靄（もや）のように見える。

襖の向こうからは喘ぎ声も聞こえた。ここで客をとらされているのだろうか。何人もの女の喘ぎ声だ。お蜜は不気味に思った。

五間（約九メートル）の廊下の突き当り、右の板戸を開けると三畳ほどの土間があった。天井がないので土間というよりも囲いであった。その代わり四方に篝（かがり）

火が焚かれているので、その囲いの中だけはぬくぬくとしていた。囲いの真ん中に盥が置かれており、湯気を上げていた。その横に脱いだ着物を入れるためか笊が置いてあった。

「さぁ、さっさと脱いで、あそこを綺麗にしな」

辰五郎に背中を押された。辰五郎も一緒に入って来る。相変わらず腰を曲げたまま、狐目をさらに細めてじっとお蜜の様子を見つめている。

鳥の鳴き声がした。

「辰五郎さんの見ている前で脱ぐんですか」

羞恥よりも不気味さを覚える。

「当たり前だ。女郎はどんな客ともやらないとならんのだぞ。わしのような爺で気色悪い客もつく、しかも勃たない客をも勃させて、股に容れねばならない。多少淫乱の性質があるぐらいで勤まるものではない」

お蜜の心を見透かしたような言い方だった。おそらく、男好きで肉交がしたいだけの女も、冷やかし気分でやってくるのだ。

まだ試されている。

「そうでしたね。すみませんが、辰五郎さん、袋帯を解いてくれませんか」

お蜜は尻を向けた。

「ふん、手間のかかる女郎だ」

辰五郎が懸命に帯の袋の部分を懸命に引っ張り、解(ほぐ)した。

その先は自分で解いて、素っ裸になる。

「毛が多いな。洗って待っていろ」

辰五郎が戸を開け引き返した。お蜜は盥に入り、屈みこんで股に湯をかけた。ほどよい湯加減だ。まん処にぴちゃぴちゃとかけると温かくて気持ちがいい。

筋をくわっと開いて、薄紫色の肉庭を曝(さら)け出し、そこにもお湯をかけて指で洗う。花びらの裏側や秘孔の周囲に指腹を這わせて入念に擦った。

女芽も洗わねばなるまい。包皮をにゅわりと剝く。

ぴちゃっ。

「あんっ」

桃色の尖りに湯をかけただけで、尻がびくんと揺れるほど快感を覚えてしまった。おそるおそる指を這わせて洗う。

「あぁああ～ん」

洗っているのか、指淫しているのか、自分でもわからなくなる。

どうしてもそこにだけ指が集中した。

「あっ、あっ、ふはっ、うぅうう」

気持ちがよくなってきた。そこで、がらりと板戸が開く。

「何をしているんだっ」

辰五郎が柄の長い剃刀（かみそり）と朱色の腰巻を持って入ってきた。

「いえ、洗っていただけです」

「ふん。助平が。おぉ、毛はたっぷり濡れているな。よし、盥の底に尻を付け、縁に脚を乗せろ」

言いながら辰五郎が正面にやってきた。お蜜は言われた通りにする。盥の中で股を開いた格好になった。

「まんの毛を剃る」

辰五郎が銀色に輝く剃刀を、開いた股間の下で湯につけて揺らしている。

「は、はい。全てですか」

「すべてだ。客は割れ目を舐めんだ。毛が口のまわりに付くといかんだろう。まぁ、それが好きな客もいるが、うちの女郎はつるまんと決めている。そのほうが見やすいし、舐めがいがあるという」

旺盛に生えた陰毛に刃を当てられ、じょりっ、じょりっと剃られていく。幼子だったころのまん処に戻っていくようで、なんとも気恥ずかしい。

「ひっ」

刃先が女芽の上を掠(かす)め、息を呑んだ。怖い。

「前に悪さをした女のここの皮を切ってやったことがある。剝き出しになると歩いていても淫感が湧いてきてどうしようもなくなるそうだ」

妄想しただけで眩暈(めまい)がしそうな話だ。

「悪さはしません」

お蜜は掠れた声を上げた。

「手が邪魔だ。乳首を触っていろ」

邪悪な目でそう命じられた。乳首を触ると気が鎮まったのは確かだ。まん処を洗っていた頃から、すでに乳首はしこっている。それを摘まむと、じきにつるまんにされた。

なんだか心もとない。

「女郎になるということは、出家するということだ」

そのための儀式ということらしい。

「覚悟が出来ました」

　お蜜はしおらしく答えた。

　湯から上がると朱色の腰巻を付けさせられた。不思議なもので白い腰巻のときには感じなかった淫らな気持ちが湧き上がってきた。

　辰五郎に導かれ廊下を戻る。廊下の中ほどの部屋の前でとまった。

「ここに入りなさい」

　辰五郎に促され襖を開けると、その部屋には紫煙が溢れていた。

　煙の中に肌襦袢だけの女が三人おり、いずれも煙管を咥えている。煙の元はこの煙管の尖端ともうひとつ――。

　床の間の違い棚の上に大きな香炉があり、もくもくと煙を上げているのだ。

「私の横に来て、脚を広げてお座りなさい」

　正面の壁際で彩夏が嫣然と笑っている。咥えた煙管で煙を蒸かしている。その脇にいる女ふたりは煙管を吸っては互いの唇も重ねている。

「はい」

　お蜜は壁に背を付け、ひと呼吸おいて股を開いた。つるまんの初開帳だ。彩夏が煙草盆でかんかんと煙管を叩くと、いきなり腹這いになり、お蜜の股に顔を近づけてきた。

「洗った？」

「はい」

「じゃぁ、まず男の玉袋の舐め方を教えてあげる。下から上に袋を舌で持ちあげる感じね」

なんと彩夏の舌が女芽に伸びてきた。舌先でゆっくり下から上へと舐めてくる。

「あうっ」

玉を転がされ、脳髄を翻弄された。

「お蜜が溢れ出て来たわ。でもまだ白湯のようだわ。お米の研ぎ汁のような色まで感じさせてあげる」

彩夏の手が乳首にも伸びてくる。胸のふたつの乳豆と股の淫ら豆を一緒に虐められる。

「えっ、なんですのこれ、あぁはうっ」

身体が一気に火照り、彩夏の頭を掻き抱いた。お蜜は釣り上げられたばかりの鮎のように身体をくねらせ、声を張り上げた。

快感に鼻孔が開き、煙をどんどん吸い込んでいく。

もう一組の女たちが、その淫気に気圧されたように肌襦袢を脱ぎ落し、裸で絡み合った。乳房を揉み合っていたかと思うと、すぐさま体を入れ替え、それぞれの股に顔を入れた。

「あぁああ、弥生、もっと強く吸って」

「お藤、指で掻きまわして」

紫の煙幕の中でふたりの女が秘所を舐め合い、秘孔を指で掻きまわし始めた。

「あぁあぁ、見ているだけで、私、おかしくなってしまいそう」

「おぉお、女芽が大きくなってきた。男の棹も大きくなったら、とにかく強く握ってやるのよ」

言いながら彩夏に脚を引っ張られ、仰向けにされた。

「えっ」

何が起こるのかわからず、慌てふためいていると、片脚を思い切り、持ち上げられた。つられて開いた女陰は淫ら汁の糸を引いている。

「いやっ、恥ずかしすぎます」

「こっちも濡れちゃったからね。貝合わせ」

彩夏も脚を広げて股を押し付けてきた。濡れた花同士がねちゃくちゃとくっついた。

「あぁああ、蜜乃の女芽は大きくていいわぁ」

「そ、そんなに擦らないでくださいっ」

がくがくと腰を振り、女の尖りを女陰で責め立ててくる。ときどき尖り同士が当たる。これが途轍もなく感じてしまう。いつ当たるかわからない切なさに胸をときめかせ、当たった瞬間に絶頂へと駆け上がる。

「あっ、あっ、いや、あうっ」

どんどん責め立てたられ、お蜜は『ご容赦を、それにてご容赦をっ』と涙ながらにせがまねばならなかった。

それでも彩夏はやめてくれない。

部屋に漂う煙が、鼻孔、口、股の口から忍びこんできて、徐々に酔ったような楽しさに包まれた。なぜかいつもの肉交とは違う。

脳髄と女陰の双方が切羽詰まり、身体の真ん中から何かが飛び出していく。

「いくぅううう、いやぁあああ、いくぅううう」

「ふう、来たわねっ。あうぅうう、、わたしも、いくっ」

彩夏が股を離してくれたときには、お蜜はそこいらじゅうに潮を噴き上げていた。潮を吹くなど初めてだった。

「こんなんで昇天していたんじゃもたないわよ。たっぷり銭を払った男はまだまだ責めてくるからね」

畳の上で腰を抜かしたままでいるお蜜を尻目に、彩夏は冷淡な笑いを見せた。

こんな仕込みが一晩中つづき、翌日はさらに三人の女に一斉に身体をまさぐられ、何度も何度も何度も絶頂にさせられた。

女でこれほどいかされるとは思ってもいなかった。妹のお洋は大奥でいつもこんなことをしているのだろうか。

これはこれでたまらない悦楽だ。

三日目が明けると彩夏から間もなく『色椿楼』が開かれることを聞かされた。

「それまでは身体を休めることね。蜜乃の披露目の宴は親方から乱れ遣りで行けと命じられたからね」

「乱れ遣り？」

「女五人と男十人が組んずほぐれつでやるのさ」

なんだかとんでもない話になってきた。

弥生とお藤も乱れ遣りは初めてらしいが、そうと知ると眼を輝かせていた。

弥生とお藤はお蜜よりも十日ほど早く満春寺に入ったそうだが、ふたりとも町娘だ。弥生は市ヶ谷田町の小間物屋の次女で、お藤は飯田橋の損料屋の三女だそうだ。湯島の陰間茶屋に出入りしていて、小遣いを使い果たしたのでこっそりこの稼業に足を踏み入れたという。

ふたりを鬼薊に紹介したのは、かつて女筆手習い所で机を並べていた女で、いつのまにか莫連女になり、いまは鬼薊一家の若衆の情婦をしているそうだ。そういう伝手で、満春寺で仕込まれ、すでに色椿楼で披露目をすませているということだ。

目隠しをされて連れていかれるので、何処の料亭だったのかわからないという。ふたりは煙管を片時も離さず咥え、刻んだ葉を吸っている。何の葉かは知らないという。吸うほどに虚ろな目になっていくのが、見ていてもわかった。

お蜜は、自分が色椿楼に出される日をじっと待ちながら、彩夏に煙草を勧められたがそれはやらなかった。それでも寝泊まりしている部屋に焚かれている香の煙を吸っているだけで、しだいに身体がだるくなってくる。

身体はだるくなるのだが、頭の奥の一点だけはやけに敏感になってくるのだ。

四

睦月の半ばに入った。

夕刻。お蜜、弥生、お藤の三人は目隠しされて、それぞれ町駕籠に乗せられた。

四半刻（約三十分）ほど揺られ、何処かの料亭に着いたようだった。

二階の座敷に通されて、そこではじめて目隠しを外された。

「あんたが、御旗本の奥女中という女かい。なるほど貫禄があるな。俺が女郎の見張りをやっている菊造だ。気張ってもらうよ」

目の前になかなかいい男が立っていた。とはいえ女に貫禄がある、とは誉め言葉になっていないのではないか。お蜜としては可憐だと言われたかった。

「蜜乃です。よろしくお願いします」

「今夜は、あんたの初披露目ということもあって、大金を払った客ばかりくる。大名の江戸詰め家臣や豪商なんかだ。取って食う勢いで迫られるだろうが、腹を括って相手をすることだ。性交以外で手荒なことをしたら、俺たちが叩き出す。ただしおまん処をがっつつんがっつんに擦られたり、乳首をめいっぱいつねられるのは、乱暴とは呼ばない。いいな」

　菊造が鋭い眼をした。

「わかりました」

　そこに彩夏がやってきた。

「菊造さん、こっちの部屋は、まずは蜜乃、弥生、お藤で相手をさせます。先にこっちに六人入れてください。向こうの部屋は私とよねで四人を相手にします。見計らって、襖を開けて、総当たりにします」

　彩夏が割り振りを言って、菊造の背中を押した。ふたりが廊下のほうへ出ていった。

*

　料亭の上がり框の衝立の前。

「たしかに最初から五人対十人ではややこしすぎる。それでいいや」

　菊造も承知してくれた。

「客筋はどうなります？」

彩夏が訊いた。今夜は女の仕切りが彩夏、客の仕切りが菊造なのだ。

「こっちは旗本の嫡男四人に、練馬と葛西の豪農だ。合わせて六人だ。向こうの部屋はお店者が四人だ。どれも夜鷹船の常連で、三人は鬼薊の若衆の勘助の馴染みで、ひとりは俺の客だ。勘助の客は、暮れに不手際があってな、それでもちょくちょく夜鷹船を使ってくれるってんで、今夜は勘助持ちで呼んである。俺の客も手代で様子のいい男だが、なぜか田舎娘のよねにぞっこんだ。たまには座敷でやりたいって言うから、まぁ呼んでやった。こいつはしっかり二両払っている」

「まぁ主客のお侍と小金持ちの百姓は、乱れ遣りが好きだから、賑やかしになっていいでしょう」

手代の四人というのは、適当に相手をしてもよいということだ。

「ややこしいが、こっちの客に直太郎というのがふたりいる。巨麻羅と中麻羅だ」

「中麻羅って？」

「巨麻羅でも粗麻羅でもねぇってことだ、中麻羅の直太郎は半刻（約一時間）遅れてくるそうだ。その中麻羅の直太郎がよねにぞっこんなんだ」

「わかったわ。だったら巨麻羅の直太郎を私が引き受けられるってことよね。ちよっと楽しみだわ」

彩夏は淫らな笑いを浮かべた。

「菊造兄い、客人の駕籠が着きましたぜ」

門の前で番をしていた勘助が息を弾ませて駆け込んできた。彩夏は急いで二階へ戻った。

*

お蜜は顎を撫でられると同時に、いきなり唇を重ねられ、舌を絡ませられた。練馬の村方地主の甚兵衛だ。大根で財を成したという五十がらみの男だが、土の香りがした。鼻毛が伸びている。月代も伸び放題だ。

「お武家の奥女中を抱けるなんて、やっぱり金は持つもんだな。なぁ、田助さんや」

とお蜜の左足を持ち上げて、脚の指を一本一本、舐めている葛西の百姓に声をかけた。こちらも五十を超えた白髪の爺さんだ。鼠顔の出っ歯だ。

「んだ。おらも運がいかった。葱が取れなくなった畑を花田屋さんが高値で買ってくれたもんでな」

べちゃべちゃと舐める舌は徐々に、脹脛に向かってきた。

花田屋が何らかの理由でその土地が欲しかったのではないか。それで色の道に引き込んだ。

——気色悪い。

最初はそう思った。

だがその気色悪さが、舐めまわされているうちに、新鮮な興奮に変わってきた。女の身体は不思議なものだ。

醜悪に見えた甚兵衛の鼻毛も田助の出っ歯も、むしろ助平な気分を一層もりたててくれるのだ。お蜜は明らかに日頃よりも発情していた。

一方、弥生とお藤をふたりずつで愛撫している侍たちは、いずれも二十五、六のようだ。筋骨隆々としており、助平というよりも精力が溢れているようだ。弥生とお藤も侍たちの男根を握り、嬉しそうだ。

いずれ有力旗本の跡取りなのだろう。

——なるほど、花田屋の魂胆が透けて見える。

と、お蜜は思った。

現在幕閣の重要な役についている旗本に接近しても、すでに昵懇の商人がいて割り込みにくい。老舗の壁というのは厚いのだ。

そこで代替わりが間近の嫡男を狙っている。今のうちから手なづけておこうという算段ではないか。

花田屋が淫売商売の後押しをしているとすれば、そうした巧みな罠を仕掛けさせているはずだ。

豪農や豪商もそうだ。

色の道に引っ張り込み、世間には言えぬ共通の秘密を持つ。土地の獲得はさまざまな使い道がある。

だがしかし……だ。

土地を買うにも商権を拡大するにも、お上の許可がいる。

幕閣の奥深くにいる人物。

——鳥居耀蔵。

正月に根岸の風太郎の家に集まった際に、妹のお洋から聞かされた。同朋衆からの情報だというので間違いあるまい。

「あぁあん。いきなりですか」

練馬の甚兵衛がいきなり亀頭を押し付け秘裂を割り広げてきた。

「乱れ遣りに段取りはねぇ。次のものが待ってんだから、一番槍はさっさといかねぇとな」

大根で儲けたそうだが、持ち物は牛蒡のようだった。

太さは並だが、長い。子宮を擦られる。まろやかな快感が股から尻にかけてじわじわと広がってきた。甚兵衛はずんずん突いてくる。肉が悦び、どんどん柔らかくなっていく。

「んんんんんんんんっ」

膣の奥底を擦り上げられ、お蜜は歓喜の声をあげた。その瞬間、田助が出っ歯を剝き出しにして、女芽に嚙みついてきた。もちろん甘嚙みだがきりきりと責め立ててくる。

「あうぅうううううううう」

まったりとした膣奥の悦びに、女芽の鋭敏な刺激が重なった。あまりの快感に、意志の力で昂ぶりを抑えることは出来ず、お蜜はのたうち、大粒の涙を溢した。生れてはじめての嬉し泣きだ。

「おぉおおおおっ、締まる。凄いっ、汁が絞り出される」

甚兵衛が顔を歪めた。熱い汁がどっと膣に浴びせられる。絶頂にうち震えていると、今度は田助が、己の肉棹を摩りながら、すぐに乗りかかってきた。

「あひゃっ。そんな、まだ痺れています」

そんなことお構いなしに胡瓜のような肉茎を挿入された。

「おぉお、ひくひくしているな。擦らなくても気持ちいい」

田助は呑気なことを言っているが、絶頂を見た直後の膣層は過敏になりすぎていて、少し動かされただけで、またすぐ次の波にさらわれてしまいそうなのだ。

「あっ、うわっわわわわ」

田助はいきなり大抽送してきた。お蜜は絶頂の上に絶頂を重ね、頭が真っ白になってしまった。

「いくぅうう、またいくぅうううう」

「おぉおおお。わしも出るぞ」

田助はすぐにしぶいた。甚兵衛がやっているのを見て、すでに溜まってしまっていたのだろう。擦ったら早かった。

だがお蜜も、もうくたくたになっていた。全力で走ってきた後に、さらにまた全力で走らされた気分だ。

「あぁ、もう、だめかも……」

息を整えることもままならず、ただただ身体を震わせた。

「蜜乃か、初披露というだけあるな、初心くて、よさそうだな」

今度は侍がひとり寄ってきた。いや、無理。いまは身体のどこを触られても、感じてしまいそうだ。

身体というより、気がおかしくなってしまいそうだ。こんな複雑な絶頂感は初めてだ。

お蜜は助けを求めるように、壁際で監視している菊造を見やった。無表情で顎をしゃくっただけだ。遣れっ。という目だ。

「桃色の孔がひくひくと動いておるな」

爽やかな顔をした侍が砲身を向けてきた。たったいままで弥生の蜜壺に入れていたらしく。女のとろ蜜がたっぷりついていた。

「あっ、待ってください」

さすがに蜜乃はまん処を手で押さえた。

「かまわん、どちらも濡れておる。すぐに入るだろう」

「そうではなくて、すぐに気をやってしまいそうなのです」

お蜜はすすり泣いた。気持ちよすぎるのが、もはや怖くなってきた。おのれの淫乱癖などまだまだだったようだ。

侍が亀頭で女芽をごしごしと擦る。

「あぁあああああああああっ。そんなことしないでくださいっ」

雷にでも打たれたような快感にのけ反った。まん処が上を向いてしまったので、弾みで砲身がずるりと滑り込んできた。

「いやぁああああああ、またいくぅううううう」

「何て、感じやすい女子(おなご)なのだ。これはたまらんな」

侍が腰を振り始める。

「ひぃいいいいいい」

膣層はもう麻痺している。それでもくすぐったいを通り越して、極上の快感が湧き上がってくるではないか。閉じた瞼の裏に恥裂(ちれつ)に差し込まれた肉が出たり入ったりする様子が浮かんできた。

「はぁ、あぁ、はうっ」

と、そのとき隣との間の襖が開いた。

「ちょっとおかしなことになっているよ。どっちの直太郎も同じ店だなんてさ」

彩夏の声がした。

抜き差しされたまま、お蜜は隣の部屋に顔を向けた。

「あっ」

彩夏は四つん這いで後ろから突かれていた。突いているのは、久松町の油問屋『暖々屋』の手代、直太郎だ。眼を覆いたくなるほどの巨麻羅で彩夏を突いている。その直太郎と目が合ってしまった
「あれれれ、そこにいるのは揚屋町の芸者さんじゃないですか。暮れは、船宿でお世話になりましたっ」

まずいっ。

だがいまはお蜜も侍に田楽刺しにされている状態で、言い訳もへったくれもない。気持ちよくてどうしようもないのだ。

「ってか、こっちの直太郎は、所場荒しだぜっ」

菊造とは別の若衆が風太郎の腕を振り上げていた。

「勘助っ、なんだって！　そいつは俺の船で暖々屋の手代の直太郎だって言っていたんだぜ。なぁよね」

「はいっ」

と客の肉棒をしゃぶっていた地味な女が返事している。満春寺では見なかった女だ。風太郎が忍びこんだ夜鷹船で馴染みになった女郎だろう。

これは面倒なことになった。

「お客さん、金は倍返しにいたします。ちょっと他の女で抜いてください。おいっ、蜜乃、立ちやがれっ」

菊造は烈火のごとく怒っているが、腰が抜けてすぐには動けない。すると若衆が数人、上がってきた。

風太郎ともども引っ立てられた。

これではやられ損である。

第四幕　帆掛け茶臼

一

如月（二月）に入ったとたん、寒さは幾分和らいでいた。

――まったく旦那はどこに行っちまったんだか。

橋蔵は握り飯を頬張りながら浜辺の茶屋から芝浜の湊を眺めていた。浜辺沿いには諸藩の蔵屋敷が並んでいる。沖合には何艘もの弁財船、樽前船などの大型船が帆を張って浮かんでいた。

常に風太郎の身辺を警護していた橋蔵だが、昨夜見失ってしまっていた。

昨日の暮れ六ツ半（午後七時頃）。

風太郎の旦那が柳橋の『朝霧楼』に入るところまでは二間（約三・六メートル）ばかり離れたところから見届けていたのだが、それから約束の二刻（約四時間）

は経ってもでてこなかったのだ。

まぁ助平な旦那のことだから、泊まりになることもあらぁな、とたかをくって、自分は蕎麦屋でいっぱいやって長屋に帰ったのが失敗だった。

今日の明け六つ（午前六時頃）。

早々に根岸の屋敷に出向いてみたのだが旦那の姿はなかったのだ。帰ってきた様子もない。

今まではそんなことはない旦那だった。

なんだか嫌な感じがして、すぐ近くの農家に、旦那の屋敷の世話をする老夫婦がいるので訪ねた。

花田屋の女中、こゆきを匿っている家でもあった。こゆきはだいぶ元気になっていたがまだ食は細いという。明庵先生が言うには飯をもくもく食えるようになると本復らしい。

『真木の旦那ならゆんべから帰っていないよ』

風太郎に飯を運ぶ婆さんがそう教えてくれた。

それで橋蔵は『朝霧楼』に戻り、しばらく様子を窺っていたのだ。

すると昼過ぎ、菊造と勘助が出てきた。ふたりとも夜鷹船の呼び込みだ。勘助は暮れに風太郎とお蜜を乗せた平船の船頭役ということで大川を流していた際に、奇襲をかけた相手なので知っていた。

菊造の顔も風太郎の警護をしている際に、遠くからだが見ている。

勘助と菊造の他に女がいた。

真木家の長女お蜜を満春寺に連れて行った女だった。

実は橋蔵、風太郎に命じられて、あの日お蜜の尾行もしていたのだ。両国から湯島、浅草、そして満春寺に入るまでの一部始終を橋蔵は確認し、風太郎に知らせてあった。

そんなわけで『朝霧楼』から出てきた三人を尾行した。

勘助には橋蔵も面が割れているので、とくに注意をはらった。

幸い勘助は途中で浅草のほうへ向かい、菊造と女は両国橋から乗合船に乗り込んだのだ。

橋蔵は急いで猪牙舟を雇い、追ったところ、この芝浜までやってきたというわけだ。

海岸通りには諸藩の蔵屋敷が並んでいる。菊造と女はある大きな蔵に入った。

しばらく出てこなかった。

近くの団子屋に入り、ふたりが入った蔵がどの家のものかと聞くと庄内上木藩の蔵だという。

『日本橋の花田屋さんの船がいつもあそこに荷を運び込んでいますね』

いかにも噂好きらしい団小屋の年増女中が、そう教えてくれた。

花田屋と庄内上木藩。

薬種問屋や大名家の蔵に何を下ろしているのだろう。

旦那に知らせなければなるまい。

しばらくして、菊造と女が出てきた。人足に大きな薬箱を積んだ大八車を引かせている。箱がふたつある。

大八車は桟橋へ向かった。十人ぐらいの人足で高瀬舟に下ろしている。積み終えると高瀬舟は沖に浮かぶ弁財船の群れのほうへと向かっていった。

——もしや、あの中に旦那と姉さんが？

胸騒ぎがした。

橋蔵は、湊の端にある番小屋に走った。番小屋には同業の岡っ引きがいた。芝浜から品川一帯を仕切る芝神(しばかみ)一家の若衆のひとりだ。

「浅草の橋蔵ってもんだ」

「おお、大川端を仕切っている橋蔵さんかい。この辺りまであんたの噂は聞こえているぜ。俺は、芝神の政五郎ってもんだい」

橋蔵とどっこいぐらいの年恰好の若衆が尻から十手を抜いて見せた。

「すまねぇが、そっちの若い衆に、いまから書く文を日本橋河岸の万造さんていう漁師の親方に届けさせてくれねぇか」

と橋蔵は矢立と半紙を取り出し、さらさらと書いた。

『すごろく　しばはま　すけ　かねた　橋』

符牒のようだが橋蔵と万造にとってはこれで立派な文章なのである。漢字で書けるのは自分の名だけだ。

ちなみに『すけ』は助け。『かねた』は金多——金をたんまり払うの意だ。

文と一緒に政五郎に一朱銀（約六千二百五十円）を二枚渡す。この政五郎と走ってもらう手の者への駄賃だ。

「合点だ。任せておけよ。半刻の間に届けておくさね」

政五郎は胸を叩いて請け負ってくれた。

「湊でちょいと荒っぽいこともするが、見逃してくんねぇ」

橋蔵はさらに政五郎の手に二朱握らせた。

何事も急ぎのときは金を積め、というのが風太郎直伝だ。姉様が無尽蔵に金を運んでくるので糸目を付けなくてすむのだ。その金は袖の下料で橋蔵にも回ってくる。

橋蔵の心に、預かっている金をくすねようなどという魂胆は、毛頭ない。そんな吝臭い料簡など起こさずとも、きっちり仕事を成就させれば、たんまり祝儀を貰えるからだ。

「おぉお、羽振りがよさそうだな。殺しだけは勘弁してくれ。それ以外なら目を瞑る」

「助かるさ。じゃあな」

それだけいうと橋蔵は桟橋の方へと走った。

弁財船、樽前船の荷の上げ下げする人足寄せ場に集まっている。ちょうど口入れ屋が船ごとに人足を割り振っているところだった。

「そこの二十人は『海王丸』から醤油樽下ろしだ。で、この線から左は『凄六丸』の薬箱下ろしだ。いいなっ。ここでしばらく待て」

番屋にいた政五郎と同じ芝神一家の半纏を着た口入れ屋がそう叫び、砂浜に棒切れで線を引き、人足たちを分けた。

醤油樽のほうにされた人足たちから落胆の声が上がる。樽は箱に比べて運びにくく、その上醤油と薬草では重みが違うので、担ぎ手にしてはだいぶ差がでるわけだ。

がやがやと騒ぎながら人足たちは砂浜でひと固まりになって待機していた。これから沖に浮かぶ弁財船や樽前船から荷を下ろす艀（はしけ）に乗せられるのだ。

凄六丸に割り振られたのは十五人ぐらいだ。橋蔵はその連中の中から、年恰好体格の似た男を探し出した。

都合のよさそうな男がいた。少し離れたところに座っている男だ。回りの者と親しんでいる様子もない。今日初めてこの仕事場にやって来たらしい。ちょうどいい。

「神田の長太（ちょうた）ってもんだ。ここは初めてでね。薬箱のほうで助かった。あんたは？」

橋蔵は偽の名を使い、男の横に座った。

「日陰町（ひかげちょう）の定吉（さだきち）だ。俺もここは初めてだ。いつもは鉄砲洲（てっぽうず）だが、珍しくこっちに回されちまった。砂浜は足がとられてやっかいだ」

定吉はぼんやり海を眺めていた。腹をぐぅと鳴らしている。なおさら都合のいい男だ。

「おめぇ、そんなんじゃ、へっぴり腰で荷を揺らしちまうぜ。ちょっとこいよ。結びぐらい食わせてやる。なあにあいさつ代わりの結びと沢庵だけだがよ」

「そいつぁ、ありがてぇ」

定吉はついてきた。茶屋で結びを食わせ、戻ろうとしたところで店の脇の隠れたところで脚をかけた。

「なにするんでぇ、うっぷ」

よろけたところで、顎に右掌を放つと定吉はそのまま砂に崩れ落ちた。当身（あてみ）だ。四半刻もせぬうちに気が付く。

「すまないな。ちょっくら着物と番札を借りるぜ」

定吉の着物を剝がし、己が着ていたものを被せてやる。

番札とは芝神一家支配の口入れ屋から来たことを示す番号札である。これを持っていないと艀に乗る際に弾かれる。

「その代わり、あんたしばらく働かなくてもいいぜ」

腹這いで寝ている定吉の胸の下に一分銀（約二万五千円）を五枚入れてやる。仲士（なかし）の日当は二百文（約五千円）でそこから二割はねられるので、手にするのは百六十文（約四千円）だ。五分あればふた月ぐらいは稼ぎに出なくてもいいだろう。

橋蔵は、凄六丸へ向かう艀に乗る人足の最後列に並んだ。

艀の前で着物の裾をまくって海に足をつけた若衆が台帳を持ち、番札と名前を照合している。筋骨隆々とした男だ。歌舞伎役者のような面構えでもある。

口入れ屋は仕事を斡旋する際にその人物の人別帳を確認して裏を取っている。そのときに自分の店の固有の番札を渡したりもする。

これが当人であるという証(あかし)のようなもので、得意先の船に乗り込む際などに怪しい奴が紛れ込んくるのを防いでいるのだ。

この場合、橋蔵は充分怪しい者となる。橋蔵の番になった。

「名は？」

ぶっきらぼうに聞かれた。

「定吉っす。これ」

芝一百八番と書かれた番札を渡す。

「初顔だな？」

色男に顔を覗き込まれた。

「芋くせえ顔だ。さっさと乗れや」

いつかこいつを殴ってやる、と橋蔵は胸に誓いながら艀に乗り込んだ。海は凪いでいたが、乗っているのは所詮艀だ。腹具合が悪くなるほど揺れた。

沖には五十艘もの弁財船、樽前船が浮かんでいた。品川沖から江戸湊の入り江近くまで、びっしり列をなしている。五百石級から七百石級の船が多いが、中には千石船と呼ばれる巨船も何艘かあった。

この芝で荷を下ろす船は僅かで、ほとんどは日本橋沖を目指しているはずだ。いっぺんに入れないので、順を待っているのだ。それが品川まで続いている。江戸への物資の流入はほぼ一日中なされている。

きらきら輝く波の向こうに、凄六丸が見えてきた。七百石級の船だ。手縄、水縄がぴんと伸び、帆桁（ほげた）に張られた本帆（ほんぽ）は、風を受けて弓の糸のようにたわんでいた。

「荷は艫（とも）の手前に積んである。十貫（約三十七キロ）の薬箱が五十箱ある。その荷の回り以外に立ち入るんじゃないぞ」

芝神一家の差配役が叫んでいる。声がすぐに風に千切れていくので、聞き取りにくかった。

乗っちまえばこっちのものよ。頬被りしたまま人足の中に紛れ込んでいた橋蔵は、凄六丸を見上げながら不敵に笑った。

二

風太郎とお蜜は船底に閉じ込められていた。暗闇だ。底板の下からざわざわと海水の音が上がってくる。

不気味で怖い。

揺れているので、ここは船の底だと思う。

灯りもないので、いまが昼なのか夜なのかもわからない。

菊造らに捕らえられたのは昨夜の五つ（午後八時）頃だと思うが、それも定かではない。

腕を捻（ひね）り上げられ、匕首を突きつけられては、もはや奴らに従う他なかった。

駕籠に乗せられる前に目隠しをされてしまったので、何処に連れてこられたのか、さっぱりわからない。

最初は船ではなかった。

蔵だった。潮の香りがしたので海辺の蔵ではないかと察した。

目隠しは取られたが、やはりここと同じような暗闇だったので、蔵らしいということしかわからなかった。すぐに大きな箱に入れられた。棺桶ではないかと思った。

暗闇からさらに深い黒闇に閉じこめられた気分だった。

そのまましばらく放置されていたが、ずっと誰かに見張られている気配があったので、声は出さなかった。

ただ、姉がどうなっているのかだけは気になり、箱の内側を叩いて音を出した。

潜伏探索するようになってから、真木家の姉弟妹と家族も同様の橋蔵との間では、音数文字を決めていた。四人だけが知る符牒だ。

例えば短い間隔で三回音を出すと『無事か』となり、それに対して『はい』ならひとつと決まっている。

三回叩くと一音だけの反応があった。

それで安心して、眠っておくことにした。捕縛されたときは、脱出の案を練るよりもまずは体力の温存だ。姉もそれはわかっているはずで、音で確かめ合うとすぐに鼾が聞こえてきた。

姉はどれだけ肉を擦り合い、何度絶頂したのだろう。呆れるほど豪快な鼾をかいている。

箱が揺れて目覚めた。菊造の声がし、何人かに持ち上げられて外に運び出された。荷車やら船やらに乗せられて、最後は箱がぐーっと引き上げられ、多分綱で上げられた。

何処かにどすんと下ろされ、その次はぐーっと降ろされた。

それがここだ。箱から出されて板の間に転がされた。姉も一緒だった。さすがに逃げようがないと思ったのか、縛めはなかった。

煙っていた。

闇でも不思議なもので四半刻（約三十分）もすれば目は慣れてくる。三畳ほどの板の間だった。

出入り口は天井の蓋しかない。飛び上がっても届く高さではなかった。

慣れた目で見ると、部屋の隅の煙草盆の上で葉が燻ぶっていた。煙草の葉のようでいて、匂いは少し違った。

風太郎は大きく吸い込んでみた。噎せた。

——煙草じゃねぇ。

真正面に姉のお蜜が壁を背にして微睡(まどろ)んでいた。

姉は裸の上に綿入りの丹前を一枚だけ羽織ってる。船が揺れ、姉の裾が乱れ、ときおり白い脚や股間が見えた。姉なので、そそらない。

床を叩いて文を作った。

率直に聞いた。

「姉さん、なんで毛を剃ってしまったんですか」

「剃られたのよ。お女郎はないほうがいいって」

「吉原にそんな女はいない」

「騙されたわ」

「また生えるさ」

たわいもない姉弟の会話だった。

茶壺があった。開けて見ると小さな豆のような粒がたくさん入っていた。黒胡(くろこ)椒(しょう)の粒に似ていた。

噛んでみる。

辛くはない。胡椒ではない。

「芥子(けし)の実だわ」

姉が床を叩いて知らせてきた。風太郎も打ち返した。

「数粒嚙むぐらいなら、気が紛れるかもしれない」

口に放り込んだ。

姉はもっと多く口に入れた。嚙み砕いている。

しばらくすると、総身に力が漲ってきた。一方姉は眼をとろんとさせて、乳を揉みだした。いやらしい。

芥子の実は数粒ならば力になり、大量に服すると怠くなるようだ。きっとどちらも頭がやられているだけなのだ。

板壁の向こうに人が降りてくる気配があった。板壁といっても、船底を区分するための間仕切りのようなものだ。

音ははっきり聞こえる。

ここと同じように天井から降りてくるようだ。梯子か踏み台を使って降りてきているのではないか。そんな音がした。ふたり降りてきた音だ。

風太郎はあえて寝息を立てた。姉はすでに鼾をかいている。

「あのふたり、もう阿片にはまったみたいですね」

彩夏の声だ。

「一度食ったら抜けられねぇ。それが芥子の実と麻の葉というものさ」

これは菊造の声だ。

三

菊造は船底の矢倉（やぐら）に降りると、四方に置いてある行灯（あんどん）に灯を入れた。彩夏の妖艶な顔が、闇に浮かび上がった。

この女に惚れている。

二年前にこの彩夏はぶらりと花田屋にやってきた。

『凄六を五箱欲しい』

と堂々と言ってきた。応接したのが菊造だった。

花柳界（かりゅうかい）の女には見えず、お武家か大店の奥女中という品のよさを醸し出していたのである。いまにして思えば見事に化けていたわけだ。

御遣い物ですかと聞くと、彩夏は首を振る。

『男が弱くてね』

ちょっとはにかむような眼をして、菊造の眼を覗き込んできた。これで一発で遣られた。

まさか鬼薊一家の女客分であるとは思いもよらなかった。

いつの間にか菊造は、仕事終わりに水茶屋で逢い、そのまま出会い茶屋にしけこむ間柄になってしまった。

彩夏は脱ぐといやらしかった。

着物を着ていたときの凛とした佇まいとは真逆の、男を誘う少し崩れた体つきをしている。吸ってくれと言わんばかりに膨れ上がっている左右の乳首。くっきりとしたくびれの下は頬ずりしたくなるほど大きな尻だ。

そして外と閨では眼つきが変わる。

元来、男と女が肉を交えるためにだけある出会い茶屋の部屋に入ったとたんに、彩夏の双眸はいやらしくなる。

菊造は劣情を催し、何度も何度も放精したものだ。必ず腰が抜けるまでやり合った。鬼薊一家が直支配する女郎の仕込み役だと知ったのはずっと後だ。

花田屋の次男、麻次郎も彩夏を気に入っていたはずだ。店に来るたびにそわそわとしだし、あるとき菊造を差し置き、麻次郎みずからが応接した。

すると大旦那の源六が激高し、麻次郎に彩夏に近づくことを禁じた。

『あの女に近づけば、店から放逐する。だが、言う通りにすれば薬種商の花田屋本店ではなく化粧道具の花田美顔堂、あるいは柳橋の料亭を一軒買い取って、お前にやらせる』

と、まで言い切ったのだ。

大旦那は彩夏が何者であるのか知っていたのだ。

花田屋源六と鬼薊豪造は最初（はな）から知り合いである。いずれ廓を持ちたい源六が、豪造親分にその際には女郎の斡旋を頼んでいるからだ。

花田屋は凄六の爆発的人気で財を成し、いよいよそのときが近づいてきたので、繋ぎ役が必要になった。

巡回妓楼『色椿楼』はその試みとして始めたものだ。

彩夏に選ばれたのが菊造だったわけだ。

──いまや俺と彩夏が、裏仕事を一手に支えているようなものだ。

「今宵も抜け荷がうまくいくといいですね」

彩夏が部屋の真ん中に敷かれた夜具の上に寝転んだ。科（しな）を作っている。白い美脚で小袖の裾を跳ね上げている。

女の恥裂がちらりと見える。陰毛は剃っている。つるまんは彩夏が考案したものだ。

『男が舐めたいのは毛じゃなくて女陰』

『女は陰毛がなくなることで、恥かしさと向かい合う』

そうした理由からだが、これは客に大受けであると共に、色椿の女郎の目印となっている。

「抜け荷はうまくいくさ。大旦那の後ろには幕府のお偉方がついている。金が欲しいのはむしろあいつらだからな」

「そうねぇ。いくら茶葉や花の実は育てても、庄内上木藩は自分たちの手では売れないものね」

「そうさ。花田屋という隠れ蓑があってはじめてこの絡繰り（からくり）は回る」

そう言うと彩夏のまん処が濡れて光った。

「菊造さん、最後の抜け荷が大勝負だねぇ。一夜千両の大博打でしょう。それがうまく行ったら、ふたりで料亭や妓楼をやるのも夢じゃないねぇ」

「その通りだ。まずはあの得体の知れないふたりを海に捨てねばな。あれは裏同心に違いない」

そこまで言い、菊造は劣情を抑えきれなくなり、彩夏の上に覆いかぶさった。

「あぁ、お乳をしゃぶっておくれよ」

彩夏が乳房をせり上げてきた。なんでもお蜜を仕込むのに乳舐め、女芽舐めを繰り返している間に、敏感になってしまったらしい。

「おうっ、べろ舐めしてやる。しかしなぁ、おめぇがこれ以上、色女になっちまってどうするんだよ。まさか芥子の実を食っているんじゃねぇだろうな」

「実は食っちゃいないですよ。けど、一日中、麻の葉や芥子の実を燃やした煙を吸っているから、多少は肌やあそこの気触りも敏感になっちまってるかもしれないねぇ」

「多少なら悦楽の薬だ。過ぎれば毒になるからな。芥子だけは食うな」

「さすがは薬種屋の手代さんだ。按配をわかっているね。菊造さんが側にいると心強いよ」

彩夏が着物をすべて脱いだ。

菊造は乳首に吸い付いた。唇を蛸のように窄め、きゅーっと乳首を引っ張り、伸びきったところでてっぺんを舌でべろべろやった。

「うわぁん、あぁぁん、気持ちいいっ」

彩夏が喘ぐ。首に筋を浮かべ、口を大きく開けてよがっている。間違いなく素の顔だ。

「ここは船底だが、彩夏の船底はどうなっている？」

左右の乳首を交互に舐めしゃぶりながら、右手を彩夏の股間に伸ばす。

「沈没してしまっているような具合です」

触ると確かに船底形の女の狭間がびしょびしょになっていた。生温かい海のようで蜜が絡みついてくる。

乳首を舐めるのと同じ調子で、中指で花芯を下から上へとなぞってやる。

「ぁあああぁ、いいいっ。客とは違う味だわ」

彩夏は尻をくねらせた。

菊造は反対側の乳首に舌を移し、同時に花芯くじりの指を下から上にあげたまま、さらに上に向け、合わせ目のくにゃくにゃした包皮を弾く。

「あっ。そこはおまんちょ船の舵ですっ」

彩夏が暴れた。右に横向きになる。背中が震えていた。

「面白いことを言う。舵取りは任せろ」

と女芽を指先で左右に揺さぶった。

「なんてことをなさいますっ。ならばっ」

彩夏が腕を伸ばしてきて、菊造の男根を握った。猛烈な勢いで手筒を上げ下げしてきた。

「おっ、何をする。そんなに擦られたら出ちまうじゃないかっ」

菊造は焦った。

「だったら、早く入れてくださいな。もう濡れて濡れてどうしようもなくなっているんですから」

彩夏の眼の縁がねちっと赤くなっている。女穴から猛烈な発情臭があがってきている。そこに指を入れると熟した柿のような感触だった。

「ぁああ、指ではなくこっちを」

今度は亀頭のてっぺんを手のひらで包まれ撫でまわされた。菊造もいよいよ切羽詰まってきた。

「うむ。正拳突きを見舞ってやるぜ」

彩夏の両脚を広げ、その中心の紅くうねる、見ようによってはとても醜悪な狭間に向かって亀頭を進めた。

「あぁあああっ、入って来たぁ～」

彩夏の背中が弓なりになった。

「くらぇっ」

一気に腰を送ってやる。日頃勝ち気な女を泣かせるのは男冥利に尽きるというものだ。亀頭の正拳突きで、子宮をがんがん攻め、鰓の膣抉り(えぐ)で肉層を翻弄してやる。

「あうぅうううううううううう。いぐぅうううう、いぐっ、いぐっ」

彩夏の顔がくしゃくしゃになり、涙まで溢れさせている。

肉擦りへの歓喜の涙は、男心をさらに震い立たせた。

「もっとどっぷり差し込んでやるさ」

菊造は彩夏の背中を抱き、身体を起こした。向かい合ったまま彩夏を膝の上に乗せる。茶臼だ。

彩夏の巨尻を摑み、上げたり下げたりした。

ずんちゅっ、ぬんちゃっ。茶褐色の肉茎も見え隠れする。根元までどろどろだ。

「あっ、くわっ、深すぎます。菊造兄さん、これはまんから突き抜けてしまいます」

たしかにどすんっ、どすんっと打ちあげるたびに子宮が凹んでいくようだった。

そのとき船が大きく揺れた。たぶん大波が寄せてきたのだろう。ぐらぐらと左右に揺れる。肉穴に挿し込んだ男根が帆柱のように彩夏の上半身を支えた。そのときふと思いついた。

「彩夏にも見えるようにしてやろう」

菊造は彩夏の右脚を持ち上げ、己の肩に掛けた。股間が大きく開いて肉が繋がっている様子がよく見える。そこから蕩けた柿のような匂いがあがってくる。

帆掛け茶臼。大江戸四十八手のひとつだ。

「いやぁ～ん。恥ずかしいわ」

さすがの彩夏も頬を真っ赤に染めた。色の道を往く女を辱めると、淫気がさらにあがる。

「ええい、帆を揺らすぞ」

挿し込んだまま菊造は、尻山を鷲掴みにし、盛大に揺さぶった。

「あぁ、いぐっ、いぐっ、いぐっでばっ。ぁああああああああ」

彩夏は白目を剥いた。とことんやるのは気持ちがいい。

「おうし、なら四十八手をいろいろやってやる」

「いやぁああ。兄さん、ごめんなさいっ。いつも生意気ばかり言ってごめんなさい。もう、いっぱいいっちゃったから、堪忍して」

「堪忍ならん」

女が抗(あらが)うほど、さらに責め立てたくなるのが男心だ。

菊造は帆掛け茶臼から、さらにもうひとつの脚もかかげる獅子舞の体位へと移る。

「んんんんんん」

彩夏は歯を食いしばり、続々と訪れる高潮を受けていた。白い蜜液がだらだらと菊造の玉袋に落ちてくる。

「おめぇ、女郎に色を仕込むとき、必ず仕舞いにこれをやるそうだな」

と、最後は松葉崩しだ。

「あぁああああああああああああ」

彩夏がのたうち、気を失った。

「おぉおおおおおおおおおおおお」

菊造もついに亀頭を破裂させた。

どかんっ。

そのとき凄六丸もまた大きく揺れた。

揺れ過ぎのような気もしたが、菊造もどくんっ、どくんっ、と精汁を噴き上げていたので、気のせいだと思っていた。

四

凄六丸が激しく揺れていた。

「なんだ、なんだっ。おい、右舷に丸太が二本、ぶつかっているぞ」

艫に立つ船乗りたちが右往左往している。

すでに日が暮れて、辺りは闇だ。荷を下ろした凄六丸は芝浜沖に停泊中で、いまは見張り番の船乗りたちしか乗っていない。

弁財船は陽が落ちたら、もう航行しない。川と異なり外海は危険だからだ。

船頭（船長）も舵取り（副船長）も下船し、女郎でも買っているはずだ。

橋蔵は艫の隅にある荷箱の陰から、そっと姿を現した。

二刻（約四時間）もの間、荷箱の間に隠れ、日が暮れるのを待っていたのだ。

甲板にいた菊造と女の話から、風太郎たちは船底に閉じこめられていることがわかった。

船乗りたちは右往左往して、浜に向かって救けを求めるために龕灯提灯を振っている。橋蔵の姿に気づく者はいない。

それをしり目に橋蔵は船縁にしゃがみこみ暗い海を見やった。

漁船が五隻、闇にその姿を隠している。

日本橋河岸の漁師の親方、万造が率いる漁船の一党だ。

橋蔵の文を読んだ万造が、助け船を出してくれたのだ。船同士の喧嘩に慣れている万造たちは、木場から丸太を二本曳いて来ていた。

橋蔵は風の音に紛れて笛を吹き、万造と丸太を打つ、間合いを伝えた。

菊造と女が船底へ降りるのを待ったのだ。あのふたりが一発やると、橋蔵は確信めいたものを持っていた。岡っ引きの眼力のようなものだ。

案の定、ふたりは船底の矢倉に降りていった。

そのうち、女の喘ぎ声が聞こえてきた。帆柱の下で賽子博打に興じている船乗りたちは気がついていない様子だったが、橋蔵にはちゃんと聞こえていた。

これも岡っ引きの習いである。耳を研ぎすませば、喘ぎ声ぐらいは聞こえてくるものだ。

女の絶頂の声を聞いた直後に橋蔵は笛を吹いた。若干間をおいて万造たちが、丸太を二本、凄六丸に叩きつけてきた。右舷の真ん中あたりにどすん、ドスンと当たった。

　凄六丸は大きく揺れた。さぞかし菊造と女は慌てふためいているだろう。ひょっとしたら、女が驚いて締め付けが解けなくなっているかもしれない。どさくさに紛れて、橋蔵は船底に続く板蓋を開けた。

「おいっ、おまえさんは？」

　黒い影に呼び止められた。たぶん船乗りのひとりだ。

「花田屋の手代だ。菊造兄いにこの様子を知らせに行く」

　適当に答えた。暗闇でお互いの顔がよく見えず、相手は所詮雇われた船乗りなので、橋蔵が花田屋と名乗ったら『そいつぁご苦労さんで』といってすぐに引っ込んだ。

　開いた板の下に梯子がかかっていた。急いで降りる。薬箱のまだたくさん積んであった矢倉の一層目だ。

　もうひとつ下に船底の倉があるはずだ。

　辺りを見渡すとふたつの板蓋があった。ひとつの横には梯子が置いてある。

　もうひとつにはない。

　ないほうに菊造と女がいるということだ。

梯子のあるほうの板蓋を叩いた。符牒の音話だ。

「橋蔵っす。旦那はいますか」

と打った。

「ここだ」

短く返事があった。これで間違いない。橋蔵は板蓋を開けた。底に風太郎とお蜜の姿があった。お蜜は裸に褞袍を羽織っていた。乳が丸見えだ。婀娜っぽい眼で橋蔵を見上げてくる。いやな気がした。

底板までおおよそ二間半（約二・七メートル）あった。梯子は一間（一・八六メートル）のようだが、そこまで上がれば、上半身は出る。

急いで梯子を下ろした。

先にお蜜が上がってきた。腰まで出たところで、悩ましい眼をして抱きついてきた。

「橋さん、私、寒いのよ」

「いや、そう言われても」

「あっ」

お蜜の尻を、続いて登ってきた風太郎がいきなりどんっと押した。

「さっさと出てください」

「いやんっ、おっぱいが橋さんの肩に擦れちゃう」

「なんて言っている場合ではないっすよ。逃げますよ」

橋蔵は甲板に出る梯子を指さした。

お蜜の手を引いた。風太郎も続いて上がってきた。

「おいっ、何している。こら待て」

菊造の声がした。

風太郎がもうひとつの板蓋を開けて、いきなり梯子を揺さぶった。

「ばかっ、この野郎っ、うわっ」

菊造ががらがらと落ちていく音がした。

「旦那も早くっ」

橋蔵はお蜜、風太郎が甲板に上がったのを見届けると、梯子を甲板へ引き上げた。これで菊造が追ってきてもすぐに上がってこれない。

船乗りたちはまだ右往左往していた。

「おいっ、船底に閉じこめられていたふたりじゃないか。なんで出て来たんだ」

ひとりの船乗りが龕灯提灯でこちらを照らしながら近づいてきた。

「菊造さんが海に沈めろって言うんで」

橋蔵はまた出鱈目を言った。

「そうかい。手伝おうか」

船乗りは鬼薊一家の若衆ではないので、深い事情は知らない。

「おうっ、頼むわ。なあにせーので海に放り投げりゃいいんだ。おめえさん、まずこの女の脚の方を持ってくれねぇか」

「あいよ」

気のいい船乗りはお蜜の脚を持ってくれた。

「せっかくだから股の間を覗いてもいいぞ」

橋蔵は言ってやった。お蜜は顔を膨らませたが、満更ではないようだ。

「そうかい。おぉお、つるまんじゃねぇか」

お蜜はまったく抗っていない。むしろ力を抜いて、開きやすくしているようだ。

船乗りはにやにやしていた。その間に橋蔵は笛を吹いた。万造たちの漁船が、ぐっと凄六丸に近づいてきた。

「それじゃぁ、いくぜっ。せーの」

お蜜を海に放り投げた。

「いやんっ。恥ずかしいっ」

襤袍の裾が広がって、お蜜は尻を出したまま海に落ちていった。

「おれは、手助け無用だ」

風太郎はみずから飛び込んでいった。

「世話になったな。ありがとよ。おれも泳いでくらぁ。あばよ」

最後に橋蔵も飛び込んだ。さぞや船乗りは呆然としていたに違いない。

橋蔵が飛び込むと、五隻の漁船が一斉に松明を上げて、三人に近づいてきた。

網をいくつも放り投げてくる。

「どの網でも構わねぇ。絡まってくれっ」

万造の声がした。

「親方、大漁だねぇ」

風太郎の旦那が網に入りながら叫んだ。

「おぉ、風さまじゃねぇか。また面白れぇ趣向だねぇ。そうれ、皆の衆、三人を引き上げるんだ」

万造は上機嫌だ。金主が風太郎の旦那とわかれば、たんまり礼金がもらえるとわかっているからだ。

漁師たちは山盛りの鯛を引き上げるかの勢いで、網を引いていく。三人はそれぞれ別の船に引き上げられ、築地から大川に入る。

万造は僚船すべてに大漁旗を上げさせた。目立つことこの上にない。

右岸、左岸ともに紅灯輝く大川に忽然と現れた漁船五隻に、屋形船や猪牙舟に乗った遊び人たちは眼を丸くした。

「いまはなんだね。屋形船なんかは古くなったのかね」

「そうさね。漁船で来るのが粋らしいね」

あまりの堂々っぷりに、そんなことを言っている。

江戸っ子は、なんでも新しもの好きだ。

両国橋までくると橋の上から見物人たちが拍手を送ってきたりした。大漁船の一団は、吾妻橋の袂の桟橋で、ひとりずつ降ろすと、日本橋河岸の方へと戻っていった。風太郎の旦那とお蜜姉さんが、明日にもたっぷり手土産を持っていくというので万造は大喜びのようすだった。

「橋さん、寒いよ。着物を届けさせるから、そこいらの待合にしけこもうよ」

お蜜に絡まれた。濡れた褞袍は捨てて、漁師の誰かの備えらしい小袖を着ている。風太郎の旦那も同じだ。

「勘弁してくださいよ」

去年の夏に根岸の家で、このお蜜と妹のお洋に、ふたりがかりでさんざん弄ばれた。それ以来、橋蔵はこの姉妹には極力、関わらないようにしていたのだ。今日は役目なので仕方がなかっただけだ。

「橋蔵、頼むよ。今日の姉はがんばったんだ。温めてやってくれや」

風太郎の旦那に顔の前で両手を合わせられてしまった。

「しっかたねぇですねー」

橋蔵はしぶしぶお蜜と並んで待合に向かった。振り向くと、風太郎の旦那は猪牙舟を雇っている。

――ちっ。旦那は吉原（さと）かよ。

橋蔵は口を尖らせながら、とぼとぼと歩いた。

第五幕　吉原加勢

一

　風太郎は吉原江戸町二丁目の大見世『艶乃家』に上がった。

　久しぶりに引き付け座敷で楼主の松太郎と相対していた。

　茶屋を通したが、いきなりなので馴染みの鶴巻があいにく塞がっており、廻しをするので待って欲しいとのことだった。

「いやいや御主人。あっしはなにがなんでも、鶴巻と会いたいわけじゃねぇですよ。なんだか無理してもらうと照れくせぇや。それに鶴巻にいまじゃ立派な座敷持ち。廻しなんて真似はさせたくねぇですよ」

　風太郎は盃を呷りながら笑った。

「並の御客ならこちらもそういたしますが、風さまと鶴巻はそれを超えた仲だと承知しております」

松太郎が酒を注いでくれる。灘の酒だ。旨い。酒肴もいろいろ揃っていた。

「まぁそう言わんでください。それこそ小っ恥ずかしい」

鶴巻は吉原に上がる前は、桃江という町娘であった。神田の荒物屋『鶴巻屋』の次女であった。

父親が博打で破産して、次女の桃江が吉原に売られることになったのだ。売られた後に、それは八百長博打であったと判明したのだが、後の祭りであった。廓に入ったが最後、町娘には戻れない。戻ったところで後ろ指をさされるのだ。鶴巻という源氏名は実家の屋号からとっている。

風太郎は鶴巻がまだ桃江と名乗っていた時分に出会っている。廓に上がる直前である。ときに桃江は未通子であった。

女郎になる前に、町の娘として通しておきたい。廓の若い衆に男を悦ばせる技を仕込まれる前に、覚えておきたい。

そう頼まれて、肉を通してやったのが風太郎である。

ほろ苦く切ない思い出であった。あれから一年と経たないうちに、鶴巻は押しも押されもせぬ人気女郎となった。禿から新造になり蝶よ花よと育てられる大見世にあって、十五を過ぎて売られた女はたいがい安女郎として扱われる。廻しや得意客の連れに宛がわれるのが関の山だったはずだ。

それが鶴巻は愛嬌の良さで、人気女郎になった。初見(しょけん)の客がどんどんつくのだから、古参も文句のつけようがない。あれよあれよという間に座敷持ちにまで出世したのだ。

いまでは鶴巻に会うためには、芸者、幇間(ほうかん)を揃えて宴席を打つのが当たり前で、一夜ざっと十五両（約百五十万円）は掛かると言われている。

往年の三浦屋(みうらや)の揚巻(あげまき)を彷彿(ほうふつ)とさせる権勢ぶりで、とても風太郎が気軽に会える女郎ではなくなっていた。

ところがこの艶乃家の楼主松太郎が、鶴巻から風太郎のことを聞き、また楼主本人も風太郎を気に入ったことから、客外の者として会うことを許してくれた。

鶴巻の私客である。

払いは常に半両（約五万円）のみ。しかも酒と酒肴の膳付である。

なんとも粋な楼主だ。

「いまの調子ですと、鶴巻は二年で年季明けになりますよ」

楼主が煙管を吹かした。そもそも五年のはずだった。それだけ早い足で借金を返しているということだ。

「いやぁ、それはあっしにはかかわりのない話ですよ」

「いいんですかい。私共は風さまにだったら、喜んでお返しいたしますよ」

「とんでもねぇ。そんなことを鶴巻が希むはずもねぇ」

「そうですかねぇ。まぁ、ゆっくり話し合ってくださいよ。当人はどんな身請け話も断っているんですよ」

　煙が上がる。風太郎は昆布に箸を伸ばした。

「それよりもご主人、折り入って相談が」

　それがここに来た本当の理由だ。

「なにか」

「加勢して欲しいことがあってね。吉原会所の若衆を貸してもらえねぇですか」

「ほう」

「実は、吉原を乗っ取ろうという輩がいましてね」

　何処かの部屋から三味の音が聞こえてきた。床入りよりもわいわい騒ぎたい客だろう。廓では最も喜ばれる客だ。

「薬屋さんですかね」

楼主はにやりと笑った。

「ご存じで」

「それは、私らも聞き耳を立てるのも商売のうちで」

「それなら話は早いや」

風太郎は夜鷹船や巡回妓楼『色椿楼』について伝えた。

「ずいぶんと金をかけていますねぇ。鬼薊一家が二股をかけているのは知っていましたが、そこまで深入りしているとは」

楼主は厳しい眼をした。

「きっと奴らの裏にはもっとでっけぇ黒幕がいると、あっしは睨んでいる」

風太郎も片眉を吊り上げた。

「風さん、あんたやっぱりただの若隠居じゃないね」

「おっとご主人、その先は勘弁してくんな。あっしも艶乃家を見込んでたのんでいるんで」

この楼主は、鶴巻から風太郎と出会ったときは同心だったことを聞いているはずだ。それが若隠居となって風流人になっているとはいえ、いまの一言で、裏同心だと悟ったはずだ。

「そうでしたね。吉原の話は門外不出、でございます」

「あぁ、そうしてくれ。で、あっしがここぞという頃合いをみつけたら、頼みたい」

「この艶乃家松太郎、吉原会所の頭取でございます。何なりとお申し付けくださ い」

互いに眼で語り合い、盃を干した。

「お待たせしたでありんす」

そこに鶴巻がしゃなりと現れた。愛くるしさに妖艶さが加わったようで、一段と女に磨きがかかっている。

「それでは私はこれで」

楼主は引き上げた。

二

「風さま、疲れた顔をしておりますね」

鶴巻はふたりきりになると、廓言葉をやめた。いつものことだ。

「主さんは、と言わねぇのかい」

「お女郎として、お会いしているのではないですよ」

「そうだったな。すまねぇ。ついつい女郎扱いしてしまう。俺はここでは客ではなかったのだ」

「そうですよ」

したがって鶴巻が風太郎の前で帯を解くことはない。膳を挟んで、語り合うだけだ。いつもは鶴巻の座敷だが、客をうっちゃって出てきたので、今宵は引き付け座敷で語り合うことになる。

遣手のお京が新しい膳をふたつ運んできた。

「今宵はごゆるり。鶴巻女郎のお客は、私があしらっておきます」

とお京婆さんは出ていった。かつての名は藍川。一世を風靡した呼び出し昼三であったそうだ。

「世間はどうでございますか」

酒ではなく茶を啜った鶴巻が笑う。

吉原の女になった鶴巻は、ことのほか外の様子を聞きたがる。それも客ではない風太郎から聞くのが楽しみのようだ。

鶴巻曰く、客は女郎はどうせ外には出られないと知っていて、適当なことを言って帰るのだそうだ。

贔屓だった役者が死んだと聞かされて、一日中泣きはらした後に、虚言だと知り、いかに客が、妓楼ではその場限りのことを言っているか悟ったとも言う。

「たいした変わりはないよ。葺屋町や木挽町は相変わらず賑やかだ。最近できた浜町の天保座もなかなか人気だぜ」

「あら天保座と言えば、私がまだ神田にいたころは葺屋町で宮地小屋でしたが。雪之丞の宙乗り、一度は見たかったわ」

と鶴巻は眼をきらきらと輝かせた。

最初のうち、風太郎はこうした世間のことを伝えるのは躊躇った。どれほど華麗な暮らしをしていても女郎は籠の鳥でしかない。伝え方によっては世間を羨むだけになってしまうのではないかと案じたのだ。他の客もきっとそういう思いがあったのではないか。

だが楼主に言われるまでもなく、風太郎は鶴巻が借金が速足で減っているのを感じていた。そのためむしろ世間のことを細かく教えておいたほうがよいのではないかと思ったのだ。

「雪之丞の宙乗りなんざ、ここを出たらすぐに見られるじゃないか。天保座はずいぶん立派な小屋になったぜ。いまは控櫓だ。おっつけ四つ目の本座になるんじゃねぇかと噂が出ている」

官許の芝居小屋、つまり本座は中村座、市村座、森田座に限られている。これを江戸三座といい、それらの代興行が出来るのが控櫓だ。控櫓までは常設を認められている。

「風さまと一緒に観に行きたいものですねぇ」

鶴巻が眼を細めた。

「よせやい。俺なんかと釣り合うわけがねぇ」

「だったら、私はお京さんのように、ずっと吉原にいようと思います」

「本気かよ」

風太郎は耳を疑った。

「はい。本気です。私は一年前まで荒物屋の娘でしたから、世間の眼というものを知っています。一度でも女郎になった女は、外に戻っても女郎上がりとしか見ません。とくに女の眼は怖いですよ。自分の亭主が登楼するのは眼をつぶるけど、隣に越してきた元女郎には近づくな、と言います。嫁の貰い手などあるはずがないです。毎夜他の男に抱かれていた女を誰が女房にするものですか。世間とはそういうものです。それと外ではいまのような贅沢もかないません」

鶴巻がきっぱりと言った。

返す言葉がなかった。遊女になって書や和歌に通じても長屋では役に立たないのだ。とどのつまり、豪商豪農の妾になるしかない。

鶴巻が続けた。

「年季が明けたら、角町(すみちょう)で小料理屋をやりたいと思っています。そこから商売を大きく出来たら揚屋町の料亭を買いたいです。艶乃家の呼び出し昼三が呼べるほどの料亭にして、私の店から花魁道中を出すのも夢です。風さま、私と一緒に、料亭『鶴巻楼』をやりませんか」

そう言って屈託のない笑顔を見せた。

「またまたぁ。俺と一緒になって、女郎の空証文みたないなもの出すなよ」

「ですから、ここには女郎として座っていませんてばっ」

「本気か？」

「もちろんです。年季が明けて女郎でなくなれば大門の出入りは勝手です。たまには風さまと芝居見物にも行けるでしょう」

風太郎は相好を崩した。

「きっとお父さんも応援してくれますよ」

この場合のお父さんとは、実父ではなく楼主の松太郎のことだ。

一方鶴巻の実父は借金で娘を取られたばかりではなく、荒物屋も失うことになってしまったが、いまは行商に精を出している。背中に金物、瀬戸物、箒などの入った箱を背負い、声を枯らして売り歩き、二度と博打には手を出さないと決心しているのだ。

風太郎はこの実の父の様子も常々橋蔵に見張らせ、逐一鶴巻に伝えてやっている。それがこうして特別扱いされる理由のひとつでもあろう。

鶴巻はそれを聞くのが励みになっているのだ。

「鶴巻楼の番頭になるのも悪くねぇなぁ」

ついつい風太郎も本音を吐いた。

「抱いてもらいたいところですが、それは年季明けの楽しみにとっておきます」

鶴巻も桃江の顔に戻って、好物の出汁巻き卵を口に運ぶ。

「抱くなんてとんでもねぇ。そんなことしたら若衆に棍棒で百叩きにされちまう」

「勘定を私が持ってもですか」

鶴巻が上目遣いに風太郎の顔を覗いてくる。ほんのわずかだが、眼に好色が浮かんだ。

「それはそれで、楼主のこの粋な計らいを台無しにすることになるねぇ。それじゃ俺はただの情夫ってことになっちまう」

真剣な顔で言うと、鶴巻がくすっと笑った。

「やっぱり、風さまは私が見込んだ通りのお人ですねぇ。筋が通っています。ますます惚れてしまいますよ」

「揶揄うんじゃないよ」

「風さま、抱いてもらうのは年季明けですが、私の御真中を見るだけなら、いいのですよ」

「御真中？」

「身体の真ん中です。御真中の口だから、御真口。見たくないですか」

「ばっかくせぇ」

見たくても、そうは言えない風太郎であった。

「ばっかくせぇはないでしょう。私が女の一番大事なところを見せましょうって言うてるのに……ばっかくせぇは。お客には絶対に開いて見せたりしないんですよ」

拗ねられた。

「悪い悪い。見てぇ。本当は見たいんだ」

「ならば、そう言ってください。風さまに、御真口を見てもらうと、きっと初心に返れるんです。私、年季が明けるまで清い心を持ち続けたいんですよ」

鶴巻が股間を指さした。

「ならば、見せてもらおうか」

なんだか大義名分が出来たような気がした。いや、あえて鶴巻がそこに導いてくれたのかもしれない。

所詮、吉原では男が女に手玉に取られるのだ。

大商人も豪農も、似非坊主も大僧正も、参勤交代で初めてこの大遊廓に来た田舎侍もそこそこの旗本も、丸腰になり下帯を外してしまえば、みな同じだ。

ころんころん転がされる。

正座していた鶴巻が、畳に尻をつけ、両膝を立てた。そして少しずつ腟を開いていくと、絢爛たる着物の裾が割れて襦袢が現れる。尻の底がちらりと見えた。

風太郎は喉を鳴らした。

「私のここ、見てくださいな。あのときと変わりませんか？」

両膝がさっと開いて、襦袢も開いて陰毛が見えた。やはり毛はあったほうがいい。風太郎はそう感じた。

鶴巻の陰毛は黒々としているが、綺麗に刈り込まれていて小判のような形をしていた。香の匂いがした。

風太郎の身体は知らず知らずのうちに傾いでいた。頰が畳に付きそうになるほどだ。

「私が呼ばない限り、誰も入って来ませんよ。遠慮なく腹這いになってください」

「それはどうかな」

風太郎のほうが照れる。

「ちゃんと見て欲しいですよ。ここ、まだ綺麗ですか？」

鶴巻は股の狭間が見えやすくなるように腰を少し引いた。まん面が上を向き、桃色の亀裂が行灯の光にきらきらと輝いた。

——濡れている。

そう見えた刹那、風太郎は腹這いになった。己の分身が勃起したのだ。恰好悪いし、手で握るわけにもいかないので、腹這いになったのだ。硬くなった陰茎を畳に擦りつけてしばし落ち着かせる。

「綺麗だ。あのとき以上に綺麗だ」

鶏冠の下の桃色の肉陸は花が半開きで、その間からとろ蜜が漏れだしている。

「安心しました。でも奥の奥まで、たっぷり見てください」

鶴巻が右手の人差し指と中指で、鶏冠の下の花をぱっくりと開いた。

つっ〜っと蜜が垂れた。風太郎の脳に淫気がまわる。腰が自然に動いた。

「鶴巻、最近、吉原で何か変わったことは起こっていないか」

見ているだけで夢精してしまいそうなので、とにかく話の矛先を変えてみる。

「蝮の耀蔵という幕府の偉い方が『伏見屋』の藤尾太夫に入れ込んでいるともっぱらの噂です。私、ここ触ってもいいですか」

鶴巻が鶏冠のように見える皮を剥き、尖った紅い芽を触った。触ると同時にぶるっと尻を震わせる。

幕府要職の蝮の耀蔵？　それは目付勝手掛の鳥居耀蔵ではないか。

「その噂は、どれほど広まっている？」

亀頭がずきずきと痛む。快楽を伴う痛みだ。

「ぁあ、気持ちがいいです。初めて風さまとやったときのことを思い出しては、ここを弄っているのです。ぁあああぁ」

鶴巻が切ない声を上げる。

「いやその蝮の噂だ」

言いながら、風太郎も股間に手を伸ばした。腰を浮かせて隙間を作り、勃起している肉の砲身を握る。熱い。かちんこちんだ。

「うちのお父さんとか、んんんっ、おもだった楼主さんぐらいしか知らない話です。私はお京さんから聞きました。あまり偉い人に狙われると面倒なことになるからです」

遣手の忠告は正しい。商人などならどれほど金を積んできても、廓の仕来りとして楼主と女郎が気に入らない客は突き返すことが出来る。その抑止力のために吉原若衆の存在もあるのだ。

旗本や諸大名でもよほどの家格でもなければ、妓楼にたてつくことなど出来ない。吉原には相応な後ろ盾もあるからだ。

だが幕閣中枢の大名となればそうもいかない。そもそもそれほどの大物であれば自身が側室を何人も持っており、吉原になど足を運ばないのだが、たまにいる。豪商に連れられてくる外様雄藩大名の嫡男や、三千石級旗本で要職についている侍だ。

　これらに眼を付けられると、権力と金の双方から攻め立てられるので、いかに法の埒外にある吉原とて、屈服せずにいられないのだ。

　無粋な客に総上げなどされたら、馴染みが寄り付かなくなり、無理な身請けも引き受けざるをえなくなるのだ。

「蝮の勘定は何処が持っているかわかるか？」

「日本橋本石町の花田屋さんと聞いていますよ。御主人の源六様がじきじきにお連れして御接待なさっているそうで。お京さんが、つくづくうちの店でなくてよかったと言っています。あっ、ひゃっ、うぅうう。風さま、気をやってもいいですか。これは文句は言われません」

　鶴巻が忙しなく指を動かし、もう一方の手で着物の上から胸を揉みにじめた。

こうなれば、風太郎も抜かねば始末がつかない。腹這いのまま腰を浮かし、着物の中から男根を取り出し、手筒で擦りまくった。

　廓で女の御満処を見ながら自触りなど、普通はありえない。

「おれは間抜けな顔をしていないか」

「お間抜けでもいいではないですか。私も自触りなど他の人には見せませぬっ。あっ、いきますっ。あっ」

と、鶴巻は叫び、背中を反らし、股を大きく突き上げた。人差し指が、みっちり恥穴に這入り込んでおり、太腿がぷるぷる震えていた。

「おぉおおおおおおおっ、ぐわっ」

風太郎も畳の上に猛烈にしぶいた。妙に純な気持ちになった。お互い息を整えた後は、照れ笑いを浮かべるしかなかった。

十日後の再会を約束して、風太郎は艶乃家を後にした。


目付勝手掛、鳥居耀蔵と花田屋源六が吉原で大尽遊び。ようやく一本の太い筋が見えてきた。さらに裏を取りたい。

根岸に帰ると南町奉行所年番方与力、松方弘之進より文が届いていた。

『西の丸の様子がおかしい。筒井様が大御所と連絡がとれなくなっているそうだ。三日に年賀に伺った際には相当疲れた様子であった、と。そのほうの探索と何か一致するところがあるのではないか』

文にはそうあった。

探索を急がねばなるまい。

三

江戸城大奥。

お洋は大奥が買い付けている品物の仕入れ先を注意深く観察していた。

同朋衆の友也から鳥居耀蔵が老中首座、水野忠邦に取り入っていることを聞かされていたが、過日、兄から日本橋の薬種問屋花田屋との関係を知らせる文が届いた。

すでに同朋衆の友也から鳥居耀蔵が花田屋を金蔓（かねづる）にしているらしいということは聞いていたので、注目していたところだ。

商人は得にならない接待などしない。鳥居から必ず見返りを得ているはずだった。調べてみると、花田屋を幕府御用達に推挙したのは、案の定鳥居であった。

御用商人なので、当然大奥にも花田屋の品物は入ってくる。

腹薬の他に近頃では茶葉や菓子も納められていた。もっとも上菓子は京橋の風（ふう）

月堂と決まっている。老中首座、水野忠邦の生母の実家が風月堂だからである。

水野参りに風月堂の菓子は欠かせぬのが、いまや幕臣たちの常識だ。

花田屋は大奥の女中たちが自分たちで食べる駄菓子や番茶を多く扱っている。大奥でも客に出す上菓子はやはり風月堂だ。

そういった意味では花田屋の大奥での商いは目立ってはいなかった。

だが、お洋が用心して見ていると一風変わった納品があることがわかった。

家慶様お手付き中臈である梅里への金平糖と煎茶の献上である。献上なので代金はない。したがって帳簿にも載っていなかった。

常に梅里のお部屋女中、おまんがこの品物を受け取っていた。花田屋もおまん以外には決して品物を手渡そうとはしなかった。

本来、金平糖のような上菓子や高級茶は、大奥の表使いが手配した品を使うのが決まりだが、梅里は、花田屋が献上してくれるものだからと言ってきかないようだ。

お手付き中臈は、側室あるいはお腹様の候補である。

上臈滝沢も、この梅里にはあまり強いことも言えず、それはいわば慣例となっていた。

言ってしまえば、たかが菓子と茶の話のことであった。

だが、お洋は兄からの文があって以来、この梅里の部屋付き女中、おまんの動きを出来る限り、見張っていた。

三日前の夕暮れどき、おまんがこっそり下梅林門より出て三の丸跡地に向かったのを見た。

お洋はその様子を自分が暮らす本丸大奥一乃側長局（いちのかわながつぼね）の二階出格子から眺めていた。

おまんの前に歩み寄ってきたのは西の丸茶坊主、春庵（しゅんあん）であった。

——何故？

おまんは春庵に小ぶりな茶筒を渡すと、すぐに下梅林門の中へと引き返してきた。

一瞬の出来事だった。

言葉も交わさず、ただ茶筒を渡してくるなど奇妙過ぎる。お洋はその後も、おまんの様子を窺いつつ、友也に逢える日を待った。

己の都合で表の御用部屋界隈にいる友也と逢うことは叶わない。滝沢からの命を待たねばならない。

滝沢に事情を話す手もあったが、ひとつ間違えばそれは告げ口で、中身があたりまえの茶葉であれば、それがどうしたということになる。そうなれば滝沢の面目も潰れ、またお洋が滝沢に築き上げてきた信用も一気に消え失せることになる。悶々とした気持ちを抱えながら、お洋は時期を待った。

三日後。

滝沢が部屋持ち中臈を集め、日頃の労をねぎらう為の昼膳の宴を開いた。お洋は色めき立った。格好の機会である。

滝沢はわざと気まぐれのように、こうした宴席を設けるのだが、けっして気まぐれではない。

寵愛をうける中臈たちの腹を見るためである。懐妊の兆しがあればただちに別段の待遇に変えねばならない。中臈の中には子を宿すのを嫌う者もいるからだ。町の者たちが思うほど大奥は快適ではない。生涯をこの大奥で暮らすことにうんざりする者も少なくない。

三十路（みそじ）となって子を宿さず、御役御免となるのは、ある意味、佳き道なのである。中臈の俸禄は年七十両（約七百万円）ほどである。町人には眼の飛び出る金額だ。七年ほどお勤めをして、半分以上貯めて宿下がりしたならば、貸家を何軒も手に入れることが出来る。したがってあえて子を流そうとする中臈もいるのだ。

これを上臈として見逃すことは出来ない
滝沢はその兆候のある中臈のことは、すぐに隔離し一日中見張りをつけるのだ。

そしてもうひとつ、大事なことがある。この間にお部屋改めをするのだ。一方で子を産み、側室、お腹様に進もうとする野心溢れる中臈もいる。

この手の中臈たちは競争相手を蹴落とそうとさまざまな企みをするものだ。これもまたその兆候がないか、調べておく必要があるのだ。

そしてその改め方を担当するのは、滝沢付きの女中である。

お洋もそのひとりだ。

その日の正午がやってきた。

お手付き中臈七人が、滝沢の部屋に集まり、昼の宴となった。御仲居が色とりどりの膳を運んでいった。

—梅里中臈のお部屋は私が」—

お洋は梅里の部屋に赴いた。おまんは梅里について滝沢の部屋の前の廊下に並んでいるので、ここにはいない。

部屋は見事に片付いていた。

お部屋改めを見越して、都合の悪い物は隠しているようだ。文机や夜具、押し入れ、床の間の違い棚の中、香炉、すべて改めたが、怪しい物はなかった。格天井に隙間が出来ていないかもよく見た。中臈の中には、女中に肩車をさせて、ここに春画や密通している男との文を隠していたりするのだ。

だが、その気配もなかった。

――茶葉と金平糖はないものか?

と周囲を見渡したところで、はたと気が付いた。

隠したい物をここに置くはずがない。

どこだ、簡単だ。

お洋は廊下を急いだ。

「梅里様のお部屋は改め終わりました。悪しきことはございません」

すれ違う女中たちにそう伝えながら、どんどん進む。

「お洋、どこへ」

滝沢付きの朋輩に聞かれた。

「今朝、下裳を付けるのを忘れていました。ちょいと部屋で」

「まぁ、そそっかしい。早く行ってらっしゃいっ」

「はい」

大奥を飛び出し側長局の棟にたどり着く。長局は四棟に分かれている。行ってしまえば女中部屋の棟である。

お洋は己が住む一乃側長局ではなく、三乃側長局に入った。

――確か二階だ。

上臈、御年寄、部屋持ち中臈以外の女中たちはいずれもこの側長局で暮らしている。長局の中にも格付けがあり、狭くてもひとり部屋を与えられている者から、ふたり部屋、四人部屋、十人以上の大部屋など序列がはっきりしている。

お洋は滝沢に愛でられていることもあり、一乃側長局のふたり部屋を宛がわれている。相方はおみわという御右筆だ。

市ヶ谷の商家の娘で読み書き算盤に優れていて、これもまた滝沢の好みだ。滝沢に好かれると、女色に塗れるが翻って、夜伽に出されることはない。たとえ御目見得以上でも、上様の眼からは隠すようにしてくれるからだ。

もといい、いまはそのようなことはどうでもよいのだ。

三乃側長局の二階の長い廊下を急ぎ足で進んだ。この刻限にここにいる者はいない。みんな本丸大奥に上がっているのだ。

中ほどの大部屋に入る。

十人分の夜具が一列に並んでいた。

お洋も最初は十人部屋だったので勝手は知っている。一番上に置いてある寝間着に名前が縫い付けてあるのだ。

右手の一番外れに『おまん』と書かれた寝間着が畳んであった。

ここだ。寝間着を取り夜具を広げてみた。だいたいこの広さだけが、女中が好きに出来る陣地なのだ。

下裳と肌着が何枚かあった。匂いを嗅いでみる。あまり嗅いだことのない匂いがした。甘いというか、焦げ臭いというか、よく知らない匂いだ。

だが探し物はこれではない。

夜具を元に戻す。枕元に柳行李がある。大奥女中はこの中にすべての私物をつめているのだ。これしかない。ただし金子や貴重品などは、蔵番に預けている者が多い。なのでなくなっても、預けていない者が悪いとなるのだ。

柳行李を開けた。替えの着物と文箱、小物入れなどが入っている。その奥底……。

――あった。

茶筒だ。木製の茶筒だ。

蓋を開けて見る。

刻んだ青い葉が詰まっていた。

茶葉ではない。ひと目でわかった。

麻の葉？

匂いを嗅ぐ。甘い香りだ。

お洋は急いで胸襟から懐紙を取り出し、匙一杯分ほどをいただいた。柳行李の底には守り札を入れる袋があった。御札とは違うようで盛り上がっている。

お洋はすぐに紐を解いて手のひらの上で振った。星形の白い粒が零れて落ちてくる。

金平糖？

一粒嚙んでみる。

甘くない。金平糖ではないようだが、お洋にはわからない。とにかくこれも懐紙に五粒ほど入れた。

すべてを元の状態に戻し、お洋は本丸大奥に戻った。昼の宴はまだ続いている。

なに食わぬ顔で、表使いの女中が集まる広間に戻った。自分たちも昼飯のときだった。とはいえ滝沢の大盤振る舞いの中臈たちの昼膳とは異なり、こちらは茶漬

け と沢庵だけの質素なものである。

それも大急ぎで食べるのが習わしだ。食べている間に、妙に頭が冴えてきた。何でも出来そうな気がしてきた。

お洋はその日一日、喋りまくっていたようだ。いつも寡黙なお洋が珍しいと、朋輩たちが言っていた。夜はぐったりとなって、死んだように眠った。

思い当たることと言えば金平糖のような粒を、一粒だけ食べたことだ。

さらに三日ほど経った。

滝沢から二の丸庭園に出向くように耳打ちされた。友也がなにか文を寄こしたらしい。おそらく御広敷役を通じての伝言であろう。

お洋は朝早くに二の丸庭園に出た。日増しに暖かくなってはいるが今朝は靄がかかっていた。ひと目に付きにくく都合がよい。

煙る庭園を木立の方へと向かって歩く。

朝靄が風に流れて一瞬見えた松向こうに小豆色の作務衣に茶人帽を被った友也の姿がった。

「水野様が、鳥居耀蔵をなにがなんでも南町奉行に就けようと、老中たちに根回しを始めている」

「それではいまの奉行の筒井政憲様はどうなります」

先代、徳川家斉の治世から十九年ものあいだ南町奉行を務めている。外国事情にも明るく、いまなお大御所の懐刀とされている。

「西の丸留守居役にするつもりだ。役としては不足はない。だが、本丸の治世には口出しさせないということだろう」

おそらく水野以上に知恵者とされる筒井をいまのうちに外しておきたいのだ。

「鳥居様となれば、大奥の改革にも手を入れてくるでしょうね」

幕府の財政を圧迫している要因に、奢侈の極みである大奥の存在がある。

「たぶん、滝沢殿の追放から始めるだろう。滝沢殿になんらかの瑕疵をつくり、その責を負わせるつもりだ。くれぐれも自重するように伝えてくれ。特に代参の折は気を付けるように。醜聞を探すために御庭番を付けるはずだ」

それは危ない。たしかに大奥の中では揉め事があっても表を介在させずに片づけることが出来る。表の眼が一切入らないからだ。

だが代参の際には御庭番が張り込むことが出来る。

危うい。いかに滝沢がしっかりしていようが、たまに市井に出た大奥女中は浮かれてしまう。とくに涼し気な男を見たら、一瞬で股の間を濡らしてしまうのだ。隠れてこっそり役者買いをしない女中がいないとは限らない。

「引き締めるようにお伝えします」

朝靄が濃くなった。ますます都合がいい。

「そっちからは何かあるか」

「これを……なんでございましょう。女中のひとりがこれと似たものを西の丸の春庵様に渡していたようです」

お洋はふたつの小さな紙包みを渡した。

「春庵だと？」

友也の眼が険しくなった。

「どうかしましたか」

「西の丸御用部屋付きだ」

つまり大御所の近くに寄れる茶坊主ということだ。友也は眼を尖らせたまま、ふたつの紙包を開いた。

それぞれの匂いを嗅いでいる。

「これは……阿片と大麻。どちらも人を狂わせる魔物だ」

「えっ、どのようにして使うのですか」

「この金平糖のように見えるのが阿片さ。芥子の実から出る樹脂を天日干しにしたものだ。これは氷砂糖に混ぜて金平糖の形にしたのだろう。火にかけて溶かすと煙が出る。それを吸っていると脳がおかしくなる」

「私は一粒食べてしまいました。力が漲りました」

「それはいっときのことだ。むしろ一度切りで食っちまって、よかった。炙って出た煙を鼻から口から吸い続けていたらいずれ廃人になる」

背筋が凍る話だ。

「葉っぱのほうは」

「大麻の葉を干したものさ。薬草としても使われているが、こいつは煙草と同じように吸えば、高揚感とか多幸感に包まれる」

「それはいいことではありませんか」

「あくまでも幻覚なんだ。だから常用すると徐々に目の前のことがどうでもよくなってくる。乱心するぞ」

「えっそんな煙をお城の中で立てられたら……」

「いつかみんな出鱈目になってしまう。というか、だれかが乱心して大きな不始末を起こさないとも限らない。お洋、けっして興味を持つんじゃないぞ。それとこれを持っていた女中をよく見張っていろ。食っているか、炙っていたら、いずれ乱心する。春庵はそれを西の丸でやろうとしているのだ」

「女中はおまん、中臈は梅里。お手付き中臈です」

お洋は梅里付きの女中のことを思い出した。本人は金平糖だと思っているに違いない。一粒、二粒ずつつまみ食いしているのではないか。

「上様とのお床入りの際に乱心すれば大変なことになる」

「なんという恐ろしい薬」

「そういえば、西の丸老中たちが大御所との謁見を一切、止めたようだ。おそらくそうした動きに気づいたのではないか。一月七日以来、たとえ本丸老中首座でも、拝謁はならんそうだ。きっと何かの謀略を見破っているのでは」

友也の顔が引き締まった。

「私、おまんを厳重に見張っておきます。して友也さま、このことを根岸で若隠居している私の兄者に伝えてくれませぬか」

朝靄の中に紛れて、お洋は、友也の股間をさすりながら頼んだ。

「そのほうの兄に……」

友也にじっと目を覗き込まれた。訝しげな眼だ。

「兄は、その……若隠居となっておりますが、元は南町の同心で……」

股間をさする掌の動きを早めた。作務衣なので硬直したのがはっきりわかる。

「みなまで言わなくても良い……」

友也は悟ったようだ。そして友也もお洋の着物の前身頃の隙間から手を挿し込んできた。襦袢や下裳など重なり合っている肌着の間に器用に指を滑り込ませて、股間に到達させた。

「あんっ」

亀裂をなぞり、ずぼっと指を挿入してきた。壺を押されて、とろ蜜が溢れ出る。ゆっくり掻きまわされる。桃源郷に昇るような心持だ。

「たっぷり濡れている……」

嘲笑うような言い方だ。

「勃起している方に言われたくないです」

「靂も張っているし、やるか」

「それを楽しみにして、参っております」

お洋は作務衣の下衣を少し下ろして友也の肉根を取り出した。靂がかかっているので、ついつい大胆になってしまう。

肉根は木刀のように硬くなっている。お洋は手のひらに唾を塗って、摩り続けた。

「くはっ」

男前の友也の顔が崩れる。その顔を見ると、お洋はさらに濡れた。

この庭は小堀遠州がどの方向から見ても美しく映るように作庭しているが、お洋と友也は、すでにさまざまな位置で挿入をして見ていた。自分が垂らしたおまん汁の上を上様や正室が歩き、うっとりと景観を見ていると思うと、実に楽しいのだ。少し屈折していると思うが、女中のささやかな抗いだ。

「残念なのは庭姦だと、生乳首を摘まめないんだよな」

友也はそこが悔しいらしい。胸元を開くわけにはいかないのだ。女穴を穿つ指に力が籠った。

「私が友也さんの乳首を舐めてあげますから、舐めていると妄想してください」

友也の小豆色の作務衣の上衣を開くとすぐにぴんっと勃った小さな乳首が現れた。舌の上に涎をたっぷり載せて、じゅるっ、じゅるっ、じゅばっと舐めてあげてやる。

「くぅううう」

友也が顎を突き出し肉根をさらに固くした。亀頭が臍につくほど反り返っている。先走り液で亀頭がぬめぬめとなっているので、手のひらを動かしやすくなった。

ちゅるり、れろれろ。ちゅぱっ、べろり。

舐めていると不思議なもので、きつく締められた着物の中でお洋の乳首も尖ってきた。友也の乳首を舐めているのに、自分も舐められているような気分になってくるなんて、なんだかおかしいけど、本当なのだ。

そう思うと、舐めるのに拍車がかかった。友也の乳首の回りから、涎がどんどん垂れていく。

左右の乳首を交互に舐めた。

すると己の乳首も交互に舐められているような気分になる。

友也は肉の棒をぶるんぶるんと震わせながら、反撃するかのようにお洋の淫壺の中を掻きまわしてきた。

そこはもうどろどろだった。

「あんっ、くはっ」

熱い吐息が濡れた乳首にかかる。

「おぅう、くくくっ」

友也が呻き、手のひらの中に先走り汁がどんどん溢れてきた。さらさらした感触からねばねばに変わっている。

「こっちも舐めましょうか」

お洋は握りを変えて、肉胴を強く圧迫した。

「いや、もう下の口のほうへ挿し込みたい。早くせんと靄がなくなる」

友也が苦悶の表情を浮かべた。靄のせいにしているが、それは負け惜しみだ。もう白い液が飛び跳ねそうなのだ。

そういうお洋も切羽詰まってきた。もう指では届かない奥の奥を圧迫されたくてしょうがないのだ。

「では、後ろ正拳突きでお願いいたします」

お洋は友也にくるりと背なかを向け、大きな松の木に両手をついた。

「いかにも」

友也が、そろそろと着物の裾を捲ってきた。お互い早く肉を交えたいところだが、着崩れると後が面倒なので、友也は慎重に捲っているのだ。

尻山が晒された。左右の山を割られ、開いた裂け目に肉の頭が入ってきた。

「ふわぁあああ」

下の口を割広げられると、どういうわけか上の口も大きく開けてしまう。

「声は控えろ」

「はっ、はいっ」

口を真一文字に結んだものの、ずいずいと木刀のような男根が潜り込んできて、膣奥が一気に圧迫されて、今度は鼻息が荒くなる。

「んんんんんんんっ」

淫気がたっぷり回りすぎていて、すぐにでも昇天してしまいそうだ。ぬるぬるの膣層を抉られるたびに、快感の渦が四肢に舞い上がってくる。

「くっ。あっ、締まる。魔羅はたまらんっ」

友也の声も切なげだ。お洋は息を切らせながら訴えた。

「今朝は、互いの焦らし合いはやめにして、一気に果てませぬか。もう昇きたくて、昇きたくてしょうがありませんっ」

「それがいい。俺もとにかく出したいっ」

友也が勢いよく擦り始めた。節操なく膣奥をぎゅうぎゅうと押し、指で女芽をくじいてくる。

「いぐっ、いぐぅううう」

感極まり声をあげそうになったが、その口を友也の手で押さえられた。顔が膨らみ額から汗が零れてくる。着物の中も淫ら汗でびっしょりだ。

もう倒れてしまいそうで、お洋は渾身の力を籠めて膣層を締めた。

「おぉっ。くっ、出るっ、あぁ〜出るっ」

膣のお宮に熱湯がかけられた気分だ。びゅんっ、びゅんっと熱い汁をかけられ、その後はどろどろと流し込まれた。

お洋はしばらく、木に抱きついたまま荒い息を吐き続けた。せわしない肉交であったが、これはこれでよいのだ。

夜具の上では味わえない緊迫感があり、これが極上の快感を呼ぶ。

「さっぱりした」

友也が腰をぶるっぶるっと震わせて、肉根を作務衣の中に仕舞いこんだ。

「私もです」

お洋も捲られた着物の裾を戻し、手拭いで額の汗を拭った。

友也が大きく息を吐き、ひと段落した。

「さっぱりしたところで、大事なことを言い忘れていたのを思い出した」

朝靄が徐々に薄れてきたので、友也が早口で言った。

「なんですか」

「鳥居耀蔵が庄内藩の支藩上木家を手中に収めようとしている。そのことを滝沢様にお伝えくだされ」

「どういうことでしょう」

「なぜかはわからん。だが水野には、あの肥沃(ひよく)な地は天領にすべきと進言している」

「で、水野様は？」

「召し上げる理由が欲しいと。すると鳥居はすでに仕掛けてあるとも言っていた」

兄の風太郎が探索している夜鷹船の話と重なってくる。

一気になりますね。滝沢様にはきちんとお伝えしますが、そのことも兄に伝えていただけませぬか」

「承知した」

と言ったものの友也の顔はさえない。おそらく肉を交わした女の兄に会うのは気恥ずかしいのだ。

「兄、真木風太郎は妹が誰と淫乱しようが気に留める者ではありません。堂々とお洋の色男(いろ)だと言ってくれれば、むしろ心を開きます」

というよりたぶん、義弟として迎え入れることだろう。

「そうか。ならば安心した」

そこでちょうど朝靄があがったので、お洋と風太郎はそれぞれ逆の方向へと足早に去っていった。

四

「もし……真木風太郎様で」

縁側で絵を描いていたら、枯れ枝の中に薊ばかりが咲いている庭に、いきなり茶人帽を被った若い男が入って来た。

風太郎は慌てた。

なにせ凄六丸の内部の絵や、菊造、彩夏の顔を描いていたのだ。

急いで脇にあった春画で覆い隠した。それはそれで、どうかとも思ったが咄嗟(とっさ)

のことで仕方がない。

「御城から参りました。同朋衆の藤枝友也と申します。妹君からの伝言がございます」

と友也は春画に眼をやった。

「そ、それは……」

いきなり春画を凝視している。神田の春風堂の善兵衛に頼まれて、両国広小路の古着屋の娘を描いたものだ。古着の詰まった蔵で股を開いて自触りしている様子を描いたものだが、例によって乳と御満処はお洋の物だ。

なにせ、姉と妹は家ではいつもこそこそと自触りをしていたので、それを覗き見していた風太郎は、細部に至るまでよく知っているのだ。

で、頼まれた春画ではそこだけふたりの絵柄をよく使う。

特に妹のお洋は小の花びらが肉厚なので、見た目がやたらいやらしい。これを嵌め込みに使わない手はなかった。

それは……と言ったきり絶句した友也という男は、古着屋の娘の顔ではなく、御満処を凝視している。

「さてはそのほう、これが誰の股座(またぐら)か知っておるなっ」

風太郎はあえて睨みつけてみた。

「あいや、それがしお洋さんとは、昵懇(じっこん)の仲。しかし、まさか、そのような絵になっているとは」

茶人の癖にしどろもどろになっている。

「舐めたことはあるのか？」

ずけずけ聞いてみる。

「あり申す」

「小便臭かっただろう？」

「そんなことはありませぬっ。お洋さんのお股はいつも香(かぐわ)しいかぎりですっ」

友也がむきになった。

――こいつあの阿婆擦(あばず)れに惚れている。

そう確信した風太郎は顔つきを変えた。にたぁ～と笑う。友也は後退(あとじ)さった。

「女芽が大きいだろう」

「あっ、はい」

友也が素直に頷いた。

「妹の孔は奥が深いか？　いやね、形状は知っているが触ったことはないしな。

もちろん指も入れたことがないので聞いているんだ」

「深いほうかと。あいや、それがしそんなにはいろいろ知りません」

しどろもどろになっている。

「藤枝殿、まぁここにお掛けなさい」

自分の隣を指した。友也は素直に座った。

「なんという、乱れた一家だと思ったでしょう。いや、それが当たり前。だけどね、真木の家訓では助平な者しか信用するな、というのがありましてな」

言うと友也がくすくすと笑いだした。

「まったく同感です。お洋さんはまっすぐで、どすけべえだ」

そこに世話係の婆さんが茶を持ってきてくれた。

風太郎はこの男がきっと義理の弟になるのだろうと思った。並んで座って違和感がない。

「妹の伝言とは？」

婆さんが下がったところで、本題を聞いた。

友也は水野、鳥居が悪だくみをしているらしいことを語ってくれた。庄内藩の支藩である上木藩が狙われているという。

これでおよその見当がついた。風太郎がこれまで探索したことと、友也の話を合わせると、見えてくる。

この男には教えてやってもいいだろう。

「おそらくその地で、芥子の花と麻の葉を栽培させているのではないのかねぇ」

鬼薊一家が庄内上木藩に出向き、娘買いをするがそれだけではない。その際、知り合った農家に芥子や麻の種を渡し栽培を奨励しているのだ。すでにその数はかなり増えている。

露見すれば、禁制品の栽培とあって庄内上木藩は取り潰される。

鳥居は天領にした後、みずからその地を支配し栽培を続けるつもりなのだ。極悪非道にもほどがある。

――そういうことか。

庄内上木藩もうすうす気づいていた。

それであの花火の夜、庄内上木藩の藩士たちは、必死に黒幕を探し出そうとしていたに違いない。

邪魔したのは風太郎だった。

「水野と鳥居にとっては、いよいよ西の丸の大御所が邪魔になっていることでしよう。春庵という茶坊主が阿片や大麻を受け取っています」

「何が起こってもおかしくないな。そしてすべて乱心ですますことが出来る」

「はい。しかし、そちらのほうはそれがしと大奥上臈滝沢様でなんとか致します。市井の悪の取締りをお願い致しまする。賄賂が払えなくなれば、鳥居もそれまで……」

「しかとたまわった」

幕閣の権力争いなどは、風太郎の与(あずか)り知らぬことだ。己の役目は、市井の風紀紊乱を取り締まること。

裏淫売と魔薬(まぐすり)は壊滅させねばならない。

風太郎はいつまでもお洋の御満処が描かれている春画を出しっぱなしにしているのもどうかと思い、片づけようとした。

そのとき下から彩夏の似顔絵が見えた。

「えっ、この女は？」

友也が血相を変えた。

「裏淫売の首謀者のひとりでな、彩夏という」

「いえ、この女は鳥居耀蔵の娘ですよ。娘と言っても不義の末の子」

同朋衆の間では知れた話です。

「なんと、不義の相手とは？」

「庄内上木家の前藩主の側室。藩主が国許にもどっている際に、中村座で知りあったとか」

読めてきた。それで鳥居は庄内上木藩を我が物にしようとしているのではないか。

「それにこの船はなんですか？」

「それはそなたも承知している鳥居に貢いでいる花田屋の抱え船よ。薬箱の中に大麻や芥子の実を積んでいた。凄六丸という」

己が捕らわれていた話は省略した。

「弁財船ですね……」

友也が正面を見据えた。庭の鹿威しがぽんっ、と鳴る。

「どうかしたか」

「近頃、海の向こうの清の国で阿片戦争というのが始まったのをご存じではありませんか」

「知る由もない」

そんなことは町の同心にはでかすぎる話だ。

「英吉利（イギリス）は印度（インド）で精製した阿片を清国に売っていました。ですがこれを清が拒否したために戦争になっているのです」

「で？」

英吉利、印度、清と言われてもさっぱりわからない。南蛮の春画を見たことがあるが、大味でつまらなかった。風太郎にとって異国の知識とはその程度のものだ。

「そのため英吉利は阿片が大量に余ってしまい、この日ノ本の近海で密かに闇取引をしているとか」

「えっ？」

「それも巧妙な手口を使っているそうです。英吉利船ではこの国に近づいてくれば、和蘭（オランダ）の商船が黙っていない。英吉利と和蘭の戦争になる。そこで偽装船——この国の回りを航行していてもおかしくない唐船（からふね）をつかっているそうです。唐なんて国はとっくにないんですが、どうわけか清の船は唐船って呼ぶんです。長崎でも奴らのことは唐人（とうじん）っていいますしね」

いずれにしても、それを積んだ唐船から凄六丸が阿片を受け取ったとしたら……。

一夜千両どころではない。万両にも、何十万両にもなる。

これは潰すしかない。

第六幕　色散らし

一

宵闇迫る暮れ六つ（午後六時頃）。吉原。

「いよいよ、そのときが来たようですな」

艶乃家松太郎が、ゆっくりと白湯(さゆ)を飲んだ。茶よりも白湯を好む歳になったと笑っている。

「はい、こんな助平な拙者ですが、たまには命をかけねばなりません」

風太郎は会釈し、目の前に置かれた湯呑を手に取った。こちらは煎茶である。一口飲んだ。旨い。京の茶だという。品がある。

大門を潜ったすぐ右手にある吉原御会所。

その一番奥まった位置に頭取座敷はある。今宵は妓楼の主人(あるじ)としての松太郎ではなく、吉原御会所十一代目頭取としての松太郎との面談だった。

「それにしても花田屋も鬼薊一家も、うまく幕府の要人と手を握ったものですな。それだけの金を手にしたら、幕府をも転がせてしまう。まずいですな」

松太郎の眼が尖る。

松太郎にはあえて水野や鳥居の名は伏せてある。どこでどう災いが飛び火するかわからないからだ。

「そう思いますか？　拙者は逆ではないかと思っています。幕府要人が商人に危ない橋を渡らせる。それでうまく大金を手にいれたら、なにか口実を見つけて罪人に仕立て上げてしまう。そうではないでしょうか」

颪太郎は、今度は茶菓子の桜餅を手に取った。もちろん向島長命寺の桜餅だ。

「颪さまも、やはりお武家ですなぁ」

と、松太郎はからからと声を上げて笑った。

「違うと？」

「はい。正直に申し上げても怒りませんか」

「怒るなんて、とんでもないですよ」

煎茶をまた啜る。渋くてうまい。江戸の桜餅と京の茶の取り合わせは絶妙だ。

思えば吉原も江戸町と京町が軸になっている。

「では申し上げます。商人はお武家よりもはるかに目端が利きます。花田屋も幕府要人と結託した段で、すでにその危うさは織り込み済みのはず。幾重にも抜け道を作っているでしょう。さらに鬼薊一家となれば、これはもうやくざでございます。そもそもは人買いですよ。弱みに付け込んでは甘い汁を吸う稼業。ずる賢い智慧は五萬と持っていることでしょう。お役人様たちが硬い頭で、異国からの御禁制品を仕入れるとか、阿片や大麻の畑を作ろうなんざ考えている間に、やつらはとっくにやっちまっていますよ」

松太郎は白湯をゆっくり、ゆっくり飲んでいる。

「庄内上木の地ではないところに、始めているということか」

「花田屋は葛西の畑を買い漁っているそうじゃないですか。薬草を作るということで官許まで得ている。もう芥子も大麻も栽培していることでございましょう」

「いやいや、それこそ黙認しているのでしょうよ。大事が終われば、まさにそれこそ罪に問うかっこうの口実」

風太郎は推論を述べた。

「風さま、そりゃ元禄の頃の講談本の話ですよ。天保の現在、世の中で一番強いのは商人です。金に糸目をつけず人を使えばたいがいのことが出来ます。そして喧嘩が一番強いのは、本当のところ武士ではなくやくざです」

「楼主、そこまで言いますか」

風太郎は目くじらを立てた。

江戸町二丁目の方から清掻(すががき)の音(ね)が聞こえてきた。すべての遊廓の軒行灯(のきあんどん)に灯が入る時分だ。

「だから怒らないで下さいと言ったでしょう」

「すまん。確かに町奴(まちやっこ)に囲まれた役方武士はすくみ上がって金を払っている」

「そうでござんしょう。お侍は立場で物を言っているだけなんですよ。立場がなくなると何もできない。私ら商人はまた一から智慧を絞るだけです。やくざはもともと命なんて捨ててかかっています。やられるとわかったら、たとえ御老中の家にでも火を放ちますし、姫様を攫うぐらいのことは平気でやります。商人とやくざを舐めてはいけません。古今東西を問わず、商人と破落戸は、利のためならなんでもします。唐船に乗っている連中もそうでしょう。奴らは清も英吉利もどうでもいいのです。自分たちが儲かればいい」

松太郎の顔から笑みが消えた。

「つまり、楼主は……」

「そうです。だから、うちの力を貸すのです。御城の権力争いなんてどうでもいい。花田屋と鬼薊がこれ以上幕府要人と結託しないように、ここで断ち切っておかなければならない。そう思っています。遊廓（さと）の中のことであれば、私らが自分で潰しますが、外のこととなると、風さまに手を貸すことしか出来ない」

「花田屋と鬼薊の存在はそれほどまずいですか」

　吉原御会所の頭取がここまで加勢しようというのは不可解でもある。

「今も申したでございましょう。私ら淫売屋は、お上がこの吉原を潰してもまた最初からどこかで商いを始めるんです。色商売はなくなることはありません。天保の改革なんざ怖かねぇですよ。殺されるわけじゃない。もちろん、そうならないように冥加金（みょうがきん）をたっぷりあげていますが、花田屋にそれ以上に出されるとここが取られます」

「お上より、お上とくっついた商人が怖いと」

「そういうことです。淫売だけだったら稼ぎは知れています。岡でやろうが川でやろうが、所詮吉原の敵ではございません。ですが阿片となると、額が違ってくるでしょう。それに遊廓（さと）に持ち込まれても厄介なことになります。ここは風さまに加勢してやっつけてもらうしかありません。こちらこそこの通りで」

　松太郎がいきなり平伏した。

「はい。必ず潰して見せます」

「では、若衆三十人、女郎五名、鬼婆十名、どうぞお連れください。若衆はそれぞれ自分の得物を持っています」

「数日内に決行日が決まる。そのときお迎えにあがります」

　それで風太郎は御会所を後にした。松太郎に鶴巻の顔を見ていかないのかと聞かれたが、今宵はよしておく。そうそう商売の邪魔をしてはならない。

　大門を潜る帰り際、御会所の真向いにある面番所に詰める吉原同心の高橋与助と目が合った。

「おお真木、どうしている」

「このとおり隠居の身さ。ぶらぶらしているだけだ。高橋も役目ご苦労だな」

「いいやここは暇だぜ。立っているだけだ。三度の飯も御会所の者が運んでくれるしな。何か起こっても若衆が仕切る。俺たちは木偶の棒でいいんだ」

　まさに松太郎が言っていた士商逆転の図がここにある。

「そいつぁ、いいや」

腹の中では、その立場がなくなれば、なにも出来ないくせに、とせせら笑った。

「なぁ、こんど八丁堀の蕎麦屋の娘の絵を描いてくれよ。一朱じゃ無理か」

お気楽なものだ。泰平の世がいつまでも続くと信じている同輩だ。

「金なんざ要らねぇよ。暇なとき描いてやらぁ」

風太郎は手を振って五十間道を降りた。三味と鉦の音がいつもより大きくなっているような気がした。


三日後。

風太郎とお蜜は、昼下がりの谷中で串団子を食べていた。水茶屋の表、緋毛氈を敷いた縁台だ。酒屋で買った六合徳利を二本持っている。ここで飲むわけではない。これより先に持っていくのだ。

このあたりは寺町だが、参拝目当ての水茶屋も多く並んでいる。そして待合も多い。

風太郎はよもぎが香ばしい草団子。お蜜は、黒蜜がたっぷりかかったみたらし団子だ。

「そろそろ来る頃だわね」

お蜜が坂道に眼をやる。

風太郎は三個目の団子を食べ終わり、番茶をひとくち飲んだ。小春日和で暖かいので麦茶が欲しい気分でもある。

通りの向こうから茶人帽を被った中年男と紫の御高祖頭巾（おこそずきん）をした女が歩いてきた。西の丸茶坊主春庵と本丸大奥女中のおまんだ。

「姉さん、おまんって名前、いやらしくないですか」

「そう思うのはあなたぐらいですよ」

お蜜が口辺についた黒蜜を懐紙で拭いながら言う。

「そういう姉さんは、僧侶の丸い頭をみて生唾（なまつば）を飲んでいたではないですか。何を妄想していたのですか。剃髪は舐めても硬くはなりませんよ」

「知っていますっ」

お蜜は顔を紅くした。

春庵とおまんが谷中の待合に出向くとの報を、昨日友也から受けていた。上臈滝沢がわざとおまんに谷中の小間物屋に筆と半紙を買うための使いに出したのだ。

そのふたりが、茶屋の前を通り過ぎていった。

春庵は速足で、おまんは俯き加減に歩いている。

「入りますかね」

風太郎は待合の並ぶ一角をみやった。

「まちがなくやります。おまんはもう内股で歩いていました。あれはもう女芽を弄りたくてしょうがないというときの歩き方です」

本当かよ？　と思ったが、女の姉が言うので一理あるのかもしれない。

春庵とおまんは、並びの中でも最も小体（こてい）な待合にひょいと入った。

少しでも眼を離したら気がつかなかっただろう素早さだ。

「では。姉上、伴を願います」

「喜んで」

姉弟で待合に入るなど、気が進まなかったが、ここは四の五の言っている場合ではなかった。

お蜜には他に、たいそう金のかかる頼みごとをしてあった。樽前船と屋形船を一艘ずつと猪牙舟を十艘、仕立てて貰うことになっているのだ。

所望する淫場の覗き見ぐらいは、させてやらねばなるまい。

風太郎とお蜜は、春庵たちに続いて待合に入った。仲居に二朱握らせて、春庵たちの隣の座敷に案内を頼む。

先のふたりとは知り合いだと嘘をついた。

「驚かせて四人でやりたい」

「そういう趣向ですか」

待合の仲居は首肯した。

「お帰りの帯締めの際には、この鈴を」

と風鈴をひとつ置いていく。淫靡(いんび)な中にも愛嬌がある。なかなかいい待合だ。

仲居が去ると、姉弟で耳を澄ませた。

かさこそと衣擦(きぬず)れの音がする。

「昆布巻きでいい。さぁさぁ、裾を広げて」

「はい、一刻で戻らねば、なりませんから」

春庵とおまんの声がした。鈴の音のように軽やかな声だ。

するとお蜜も着物の裾を広げ始めた。

「あの……」

名を呼ぶのは憚るので、姉の顔を見た。ところが姉は、

「ぁあんっ、番頭さん、そのように急ぎまするな。あっ、いきなりそこを広げるとは、濡れてしまって」

勝手にそんなことを言い始めた。

風太郎は完全に引いた。尻を引いて壁際による。

ところがお蜜の声に触発されたのか、隣の部屋もあわただしくなった。

「おまん、いいぞ。舌がいいっ。そうそう裏側がいいんだ。はぅうう。おぉおっ」

春庵の声だ。

正直、男の喘ぎ声など聞きたくもない。

ところがお蜜は、着物の裾をまくり、隣部屋との境の襖に片耳を付け、股の間に手を入れた。

――姉ちゃんっ、弄るなっ。

「ぁあっ、はうっ。番頭さん、いけませんっ。ぁあぁ、そのような」

お蜜の喘ぎに熱がこもり始める。

風太郎はただただ頭を掻いた。踏み込む頃合いがくるまでは、放っておくことにする。

「ぉおっ、おまん、それぐらいいでいい。挿れるぞっ」

春庵が勃ったようだ。

「はい。お願いしますっ。もうしたくてしょうがありませんっ」

切なげな声だ。

「男日照りの大奥ではさぞかしつらいだろうな」

「はい、女色ばかりでは飽きます。平べったい股の擦り合いは、もう焦れてしょうがないのです」

「わかった。わかった。ずっぽり入れてやる」

ぴちゃ、ぬちゃっと肉の触れ合う音がする。

「あっ、はうぅううう」

これは姉の声だ。ややこしい。

「あぁあああ、春庵様っ、うっ、あひゃっ」

こっちがおまんの声。ずっぽり入ったようだ。この瞬間に姉は襖を僅かに開け、覗き込んでいる。指の動きが忙しない。

「おうっ、おまん、締まるっ」

春庵の低い呻き声と肉を擦り合う音が響いてきた。

ずんちゅっ、ぬんちゃっ、ずちゅ、ずちゅ、ずちゅっ。

ふたりは夢中だ。

ここら辺を頃合いと見た。風太郎は持参の六合徳利を手に立ち上がった。それを見て、お蜜は盛んに首を振っている。

まだ行くなっ、ということだ。

襖の隙間から、本手で交わっている春庵とおまんの姿が見えた。

――姉ちゃんが昇くまで待っていられない。

口をそう動かし、風太郎は、がらりと襖を開けた。

「いやぁあああああああ」

下になっているおまんが先に風太郎の顔を見た。

「な、なんじゃ、おぬし。無礼ではないかっ」

抜き差しの、差しの状態で、春庵が振り向き顔を歪めた。

「何が無礼だっ。このくそ坊主っ」

風太郎は春庵の前に飛び出した。お蜜に手伝うようにと、顎をしゃくった。

股を濡らしたままのお蜜が、足をもつれさせながら入ってくる。

「おまえ、花田屋の船が出る日を知っているだろう」

と頭をひっぱたく。剃髪なのでいい音がした。肉幹を挿し込んだままので、おまんの腰も揺れた。

「ぁあんっ、なんですか、これはいったいなんですかっ」

おまんは泣き顔になっている。恐怖だが、秘孔を擦られている快美感も捨てがたく、どうしていいかわからないようだ。

「おまえも大奥の中でわずかずつ行灯の菜種油の中に金平糖を溶かしていただろう」

妹お洋が見破ったのだ。まずは仕えている梅里の部屋の行灯の油に混ぜていた。梅里は次第に倦怠を訴え始めているのだ。

おまんの顔が蒼ざめた。

「春庵っ。おぬしも同じことを西の丸でしていたなっ」

「なんのことだっ」

「大御所の具合が悪いそうだな。もしお主の仕業だとしたら、死罪だぜ」

「そなたはっ」

「そういうことを探索している者と思えっ」

と、春庵の口に六合徳利を押し付けた。どぼどぼと注ぐ。

「伊賀(いが)者か、うぅううっ　誰の手の者だ、ぐはっ」

春庵は喚(わめ)き、噴き上げる。勝手に伊賀者と思えばいい。

お蜜が春庵の鼻を摘まんだ。おのずと春庵の口が開く。またそこにどぼどぼと注ぐ。

一気に四合ほど飲ませた。部屋中が酒臭くなった。

「おまん、おまえも、このままではすまされんぞ」

六合徳利をお蜜に渡し、風太郎はおまんの上から春庵を剝がすと、いきなりまんぐり返しに固めた。

「な、なにをなさいますっ、あっ」

剝き出しになった尻の穴に、お蜜が六合徳利の先を挿し込んでいた。

「えぇぇぇぇぇぇぇぇぇぇぇぇぇっ」

二合の酒が尻から入っていく。

これは酔う。

じきにふたりは酩酊した。顔が真っ赤だ。

「わかっていると思うが、もう城には戻れんぞ」

風太郎は煙管を吹かしながらせせら笑ってやる。ふたりは頷いた。姉は隣の部屋に戻っていた。襖を閉めて、ひとりでこそこそ触っているようだ。それは放っておく。

風太郎はもう一本の六合徳利を摑んだ。

春庵がびくりと肩を震わせたが、体は怠そうだ。

「いまの酔いならいずれ醒めて正気になるだろう。けどよ、もう六合いっきに食らったら、どうなると思う」

どんな酒好きもいっきに飲めるわけではない。ちびりちびりなら六合ぐらいいける者でも、いっきに飲まされたら、命すら危ない。

春庵は首を横に振った。

風太郎は六合徳利を春庵の顔に近づけた。

「もう一度聞く。花田屋の凄六丸が唐船から荷を受けるのはいつだ？」

「二日後……の夜」

春庵が酒臭い息を吐きながら白状した。

「場所は？」

「江戸湾を出たあたりでは。唐船は入り江には入れないから、房総沖とかで抜け荷をする。そう聞いている」

言うなり春庵は鼾をかいて眠り始めた。おまんも眼を閉じて寝息を立てている。

「姉上、出ますよ」

「はい、すっきりしたので平気です」

鼾をかいているふたりをそのままに、待合を出た。二刻（約四時間）は寝入ってしまうだろう。

仲居に今度は一両を渡し、

「あつらは酒に酔って眠ってしまった。鼾をかいている。すまんが泊りにしてやってくれ」

そう伝えた。

もはやふたりは刻限までに城へは帰れない。

手を取り合って逃げるしかないだろう。

「三日逃げ切ってくれればいいさ。あとは奴らが捕まろうが、野垂れ死のうが知ったことではない」

風太郎はそう斬り捨てた。ここで泥酔死させなかっただけでも温情だ。

「智慧と運があれば生き延びますよ。世の中そんなものです」

お蜜もあっけらかんと言う。

風はまだ冷たいが、気持ちがいい。

決戦は二日後だ。

二

日暮れ前に吉原御会所に行くとすでに若衆、女郎、鬼婆が揃っていた。

眼光鋭い若衆ばかりだ。

「俺たちがやるのは、剣術の立ち合いではありません。喧嘩です。ですから卑怯(ひきょう)もへったくれもないんです」

藤吉(とうきち)という若頭が低い声で言った。

「菊造と勘助は、とらえたら私らに任せな。もう三十人ぐらいは殺しをやっている眼だ。地獄を見せてやるよ」

鬼婆のひとりが言った。歳は六十ぐらいだろうか。歯の入っていない口をあけて不気味に笑う。

吉原で悪さをした客を懲らしめる婆さんたちだ。何れも般若(はんにゃ)のような顔で、不気味な妖気を漂わせている。

役目柄、わざと垢まみれになっているのだろう。悪臭甚だしい。

この婆たちに寄ってたかっていたぶられたら、男として役に立たなくなるだろう。もっともその性質(へき)を持ち合わせている者なら別だが。

片や若い女郎たちは、玄人好みがする妖艶揃いだ。

「わたしらは売れ筋じゃぁありませんよ。けどね、顔見世で引きつける腕に関してはなまじの売れっ妓よりもありますよ。多少品は堕ちますけどね」

と眼の下に泣き黒子のある女郎が科を作って見せた。

薄い着物なので身体の線がはっきり見えてなんとも悩ましい。他の女郎たちも一斉に襟を開いてお乳を見せたり、裾をまくって淫毛を出したりした。

「わかった、わかった。あんたたちはそのままで武器になる。いいから隠すところは隠してくれ」

風太郎は女郎たちを手で制した。

一同を引き連れ、衣紋坂を下り日本堤に出た。行き交う者たちが、列をなして堂々と外に出てきた女郎たちに肝を抜かれている。

遊廓の中でもひと際目立つ色女たちが、白粉の匂いをぷんぷんさせて、世間に出てきたのだから、それはそれは目立った。

堅気の女などは、どんびきだ。

山谷掘で一艘の屋形船と十艘の猪牙舟が待っていた。お蜜が手配してくれた船だ。樽前船は堀には入ってこれないので、大川が江戸湾に出る辺りで待機している。

「さぁ、お女郎衆は屋形船へ」

橋蔵が小田原提灯で促すと、女郎たちははしゃぎながら屋形船へ乗り込んでいく。いずれも五年振り、六年振りに世間を見るという。

「あんまり変わっていないわねぇ」

「あたしゃ江戸の町を見るのは初めてだよ」

そんなことを言っている女郎もいる。

「外でやるなんて、越後の村にいた頃以来だよぉ」

「ほんと、外はいいわねぇ。妓楼でも『中庭で後ろからどうぞ』なんていう売り方もあっていいのにね」

「そうよ、そうよ。そうすりゃぁ、あたしら中堅女郎も出番が増えるってものよ」

まったくもって吉原女郎は逞しい。

若衆と鬼婆には猪牙舟に分乗してもらった。

風太郎は橋蔵が船頭を務める猪牙舟に乗る。先頭を切ってまずは大川に向かう。

ちょうど日が落ちてきた。

山谷堀から大川に出て、吾妻橋、両国橋、新大橋と下っていく。今宵も船が沢山出ていた。それぞれの船が舳先で掲げている提灯が、光の行列のようで美しかった。

懲りずに夜鷹船もあちこちを航行していることであろう。

永代橋を潜ると、じきに入り江になった。暗い海が眼前に広がってきた。

お蜜が手配した樽前船『達磨丸』が鉄砲洲と石川島の間ぐらいに停泊している。

「猪牙舟の皆さんは、達磨丸に乗り換えてください。猪牙舟十艘は綱で繋げて、引っ張っていくんで」

風太郎は声をからした。

冬の星空の下、まずは鬼婆さんたちが縄梯子を上がっていく。老いても矍鑠とした女たちだ。

鬼婆が終えると、右舷、左舷双方に二本ずつの縄梯子が降りた。吉原若衆が一斉に上がっていく。それぞれ鳶口や大型木槌、鋸を背負っている。奴らの得物ということだ。

風太郎は大小の太刀は差してきているが、使う気はない。得物は達磨丸にたっぷり積んであるはずだ。

全員が乗船すると達磨丸は江戸入り江の出口へと向かった。

甲板下の矢倉だけではなく、舳先や艫にも樽が並べられていたので、それぞれその荷につかまりながら、これから始まろうという戦に備えて気合を入れ合っていた。

風太郎は帆柱の真下に置いてある陣太鼓の前に立った。これもお蜜が気を利かせて手配してくれていたものだ。

何処かの寄席の触れ太鼓を借りてきたらしい。まぁいい。

屋形船が並航し、猪牙舟は達磨丸の艫に繋がれてゆらゆらとついてくる。外海に近づくほど風が強くなり、波も高くなってきた。

半刻（約一時間）ほど航行すると、入り江と外海の境目あたりが見えてきた。右に三浦半島、左に房総半島だ。

その中ほどに一艘の弁財船が浮かんでいた。波の揺れに任せて、そのあたりを漂っているようでもある。

凄六丸だ。

おそらく唐船が来るのを待っているのだろう。その周囲には五艘ほどの平船が波に煽られながら漂っている。鬼薊一家の護衛船だ。それぞれ破落戸が乗っている。

「船頭さん、こちらもここでいったん止まってくれ」

風太郎は帆を動かしている船頭に叫んだ。

「あいよっ」

船頭が風を受ける帆を微妙に調整している。達磨丸は前進するのを止めた。おかげで揺れが大きくなる。船は馬車のように一か所に留まっていることは出来ない。帆に受ける風をうまくとらえて、出来る限り同じ位置に漂っているしかないのだ。

船頭に言わせると、前進するより停船させ続けるほうが難儀だという。

「行灯も消してくれ」

「へいっ」

「屋形船にも伝えてくれるか」

「平気ですよ、旦那。こっちの船が灯りを落とすと、あっちも消すことになっていやす」

船頭の言う通りで、達磨丸がすべての行燈の灯を落とすと、屋形船も、ぱっと消えた。女郎たちのざわめきも止む。

忽然と闇に消えたような感じだ。

じりじりと刻が過ぎた。日没とあってほとんどの荷船は湊に入っている。入り江とはいえ、衝突の危険があるので、暮れたら航行しないというのが大型船の鉄則なのだ。

川を行き交う屋形船や猪牙舟とはわけが違う。弁財船、樽前船は何万両にも値する荷を積んでいるのだ。

闇の中の半里（約二キロ）先。

花田屋の凄六丸だけが煌々（こうこう）と灯りをともして浮かんでいた。

凄六丸のほうも一か所に留まっているわけではない。

右に左に流されながらも、懸命にまた元の位置に戻している。待ち合わせている唐船にわかりやすくするためだ。

だいぶたった。

後方から灯りをともした屋形船がやってくる。こちらの屋形船ではない。三味の音を流している。

「鬼薊の夜鷹船だ。船頭さん、見つからないように寄ってくれ」

「へいっ。一瞬だけ龕灯をあげさせてもらいやす」

燎船であるこちらの屋形船にも指示をだすのだ。

「わかった」

達磨丸とこちらの屋形船はうまく左右に分かれ、航路をあけた。

幸い鬼薊の屋形船は、灯りだけではなく三味線の音を高らかに奏でているので、位置を捉えやすい。

鬼薊のほうも凄六丸に対して燎船であることを三味の音で知らせているのだろう。

「唐人の相手をさせるための夜鷹を運んできやがった」

風太郎は横に立つ吉原若衆の若頭にそう伝えた。

「うちの色たちを散らしてやりますよ」

若頭は鼻で笑った。

今宵は夜鷹対女郎の戦でもある。決着を付けようぞ。

鬼薊の屋形船が凄六丸の脇に並ぶと同時に、外海側から忽然と弁柄色の大型船が現れた。千石船よりも大きい。

唐船だ。

「船頭、灯りをつけずに進めるかね」

風太郎は叫んだ。

「こっちは見えますが、どこかの小船が見えずに割り込んで来るってこともありますよ」

「賭けだ。頼むっ」

「合点でさぁ」

達磨丸は帆を張り直した。背に風を受けて驀進(ばくしん)する。闇を這うようにして凄六丸に近づいていった。

風がさらに強くなってきた。

三

凄六丸と唐船が眼前に迫っている。二艘は並んでいた。

ちょうど弁柄色の唐船から凄六丸へ板が渡されようとしていた。唐船の船縁には唐人帽をかぶり後ろ髪を犬の尻尾のように長く伸ばした唐人がずらりと並んでいる。

「かねもってきたか。おんないるかっ」

唐人の頭目らしき男が叫んでいる。

「二万両ある。荷を見せろっ」

凄六丸の船縁に立っているのは花田屋源六のようだ。

「薬箱いっぱいある。たしかめるか？」

「菊造見てこい」

源六が言うと背後から菊造が出てきた。やくざがふたり付いている。

「見てまいりやす」

菊造は用心棒のやくざを伴い、板を渡っていった。

風太郎たちは息を潜めて見守った。

「おんな、おんなは？」

唐人の頭目が叫ぶ。

「その屋形船に十人連れてきている。女はこっちの米櫃（こめびつ）だ。唐船には乗せねぇ。おまえらが客として降りてこい。金と女は別物だ」

勘助が吠えた。

鬼薊一家の淫売と花田屋の密輸は別物だと言いたいようだ。

「夜鷹商売が偉そうに」

風太郎の隣で、吉原御会所の若頭が歯ぎしりした。

「もう少し待つんだ。金が唐船に運ばれたら一気に勝負だ。段取り通りにな。ひき付けが大事だ」

風太郎が諌める。

「へいっ。唐船から乗組員を降ろしちまってからですな」

「そういうこった」

大詰めだ。ここは焦らず、金と阿片が動くのを待つ。

少しして菊造が出てきた。

「あれが的かい」

鬼婆が言う。

「あぁ、あの色男とさっき声を出した淫売屋を頼みたい」

と風太郎が勘助を指差す。

「いたぶりがいがありそうだねぇ」

鬼婆が歯のない口をあけて笑いながら、着物の裾をからげ始めた。たるんだ尻と匂いのきつそうな淫処が見える。

「芥子の実も大麻も本物です」

菊造が源六にそう伝えた。

「麻次郎、金を運べ」

「はいっ」

次男の麻次郎のようだ。

矢倉板が開き、中から千両箱を担いだ男たちが出てきた。人相から言って手代ではない。あれも鬼薊一家だ。

ひとりが千両箱一箱を担いで、板を渡っていく。十人が二往復した。二万両が唐船に渡ったことになる。

今度は同じ連中が薬箱を運んできた。

「おぉお。これだけ芥子の実があれば、城なんて潰せちまう」

箱を確かめた源六が言った。

やはり艶乃家松太郎の言ったことは正鵠を得ていた。花田屋は阿片を市中で売って儲けようなどと考えていないのだ。

二万両（約二十億円）使って二十万両（二百億円）を稼ごうというのではなく江戸城という城を買おうとしているのだ。

商人とは実に恐ろしい。

薬箱がすべて凄六丸に移された。

「万端整った。たっぷり女を味わってくれ」

源六が笑うと、いきなり唐船から四本の縄梯子が降りてきた。唐人たちが喜び勇んで降りてくる。

風に唐人帽を飛ばされた奴もいる。

「いまだっ。船頭こっちの屋形船の灯りをつけさせろっ」

船頭が龕灯をすぐにつけて僚船に報せると、ただちに吉原女郎の屋形船が明るくなった。

障子の窓を開けて、女郎たちは一斉に乳や太腿を見せながら、唐人たちを挑発し始めた。

「おぉ、あっちがいいっ」

吉原女郎の屋形船に飛び降り始めた。

「飛んで火に入る夏の虫、だな。あいつら帰る船がなくなるってぇのに」

風太郎は膝を叩いた。

「なんでぇ、そこの女、どこのもんだっ」

周囲を固めていた鬼薊一家が色めき立った。

「戦ですね」

風太郎はここで太鼓を打った。どんどん打った。

「うぁりゃぁ」

達磨丸から十人の吉原若衆が飛び降りる。繋いでいた猪牙舟に乗り込むと綱を切って、まずは鬼薊一家の平船に立ち向かう。

柄の長い鳶口を持っている吉原若衆は圧倒的に強い。

「うわっ。痛てぇ」

「腐れ女衒がっ、死にやがれっ」

鬼薊一家の平船はたちまち転覆させられる。護衛は一気にいなくなった。堀や川ではない。入り江口とはいえ海だ。相当泳がなければ陸はない。

藻掻(もが)きながらやくざが泳いでいった。

達磨丸は唐船に寄った。

残っていた二十人が次々に唐船へと乗り移っていく。

「おいっ、あんたたちなにもの？」

唖然としている唐人が吉原若衆ふたりに体当たりされ、海に落ちていく。悲鳴が轟くが、女郎たちに抱きつかれている唐人たちは、色欲に駆られて動けない。

女に棹を握られ、乳首を舐められ、そうそう打っちゃれる男はいない。

風太郎は、どんっ、どんっ、どんっ、と太鼓を叩き続けた。千両箱が太鼓をたたくほどに達磨丸に運び込まれてくる。

「これで全部です。ならあの船、壊しますか」

「頼む」

千両箱を移動し終えた若頭に、風太郎は手を合わせた。

吉原若衆たちは唐船に戻ると、木槌や鳶口、鋸で唐船を破壊し始める。

「おいっ。おれらのふねをこわすなっ、しんこくにかえるっ、こら抜いてくれ」

「あっ、はなせ、ふねにもどる。うっ、きんたまかじるなっ」

唐人たちは喚くが、女郎に嵌められたり、舐められたりして動けない。あの女郎たちの性技は凄まじいようだ。

「橋蔵、仕上げだ。凄六丸に樽を運ぶぞ」

「へいっ、婆さんたち、ちょっと待っててくれよ」

「誰が婆だ。あたしらは鬼婆という立派な稼業をしているんだいっ。そこいらの婆といっしょにされたらたまんないねぇ。岡っ引き風情が生(ナマ)を言ってんじゃないよっ。顔に小便かけてやろうか」

ひとりの鬼婆が怒って、淫処を出した。納豆のような匂いがする。たぶん納豆を入れているのだ。

「すまねぇ。勘弁してくれっ」

橋蔵が泣きそうな顔で謝っている。

まだ残っていた若衆たちが薄ら笑いを浮かべて、凄六丸に板を渡し樽を転がしていく。

風太郎も飛び乗った。

「なにしやがる。こんなことしておめぇら殺されたいのか。我らには幕閣の重鎮がついているんだぞ」

花田屋源六が狼狽(うろた)えながら言っている。

「だったら、連れてこいや。そいつも殺してやるよ」

吉原若衆が吠えた。

町人は怖い。武士のように家名や先のことを考えない。いま目の前にあることをなんとかしようとするだけだ。

「ふざけやがって」

源六の背後から、勘助が匕首を持って飛び出してきた。

吉原若衆が素手で匕首を払い、勘助の片腕を取って振り回した。船縁に飛ばされる。

「腐れ外道がっ」

「うわぁああ」

勘助は逃げるように達磨丸へ飛び移っていく。

鬼婆たちの餌食だった。

男の泣き声を風太郎は久しぶりに聞いた。

「橋蔵、若衆の皆さん、樽の中身を撒いてください」

「おおう」

都合五個の大樽を床の上に、横倒しにした。菜種油が流れる。

「何をする」

「やばい薬は、燃やすんだよ。もくもくとな」

「ばかな。二万両分の薬草だぞ」

源六は薬草と言い張っている。

「炙ったら凄い煙に包まれるだろうぜ。まさに凄六丸だ」

「金をやる。いまは手元に百両（約一千万円）しかないが、日本橋の店で千両

（約一億円）やる」

「うるさいんだよ。そんなはした金で吉原が動くかっ」

風太郎が答える前に吉原若衆が、源六の鳩尾に正拳を打っていた。源六が油の上に顔から落ちた。

「てめえら、花田屋をめちゃくちゃにしやがって。もうじき天下を動かす商人になろうってところでよっ。みんな死にやがれっ」

自暴自棄になった麻次郎が手にしていた提灯を船板の上に捨てた。

ぼっと火の手があがる。

風太郎がやろうとしたことを先にやってくれた。麻次郎のその顔に、若衆が拳を見舞う。麻次郎は源六の横に倒れ込んだ。

「ちっ、一緒に死ねるかっ」

「ほんとだよ」

帆の裏から菊造と彩夏が出てきた。

海に浮かんでいる猪牙舟に飛び乗ろうと船縁に上ろうとした。

「菊造、地獄に落ちろっ」

風太郎が腕を取り、達磨丸へと突き落とす。

「うわぁあああっ」

菊造が鬼婆の待つ達磨丸の艫に転がった。たちまち三人の鬼婆が群がり、ひとりが着物の裾を捲って顔に跨り、他のふたりは菊造の着物を捲り始めた。

「やめろっ、納豆くせぇ、うぇっ、あうっ」

これからしばらく鬼婆たちに身体中を舐めまわされることになる。尻の穴や鼻の孔にまで舌を入れられるのだ。そして最後は婆全員に小便まみれにされる。

男として廃人になるだろう。

殺されたほうがたぶんましだが、吉原は自分たちに盾を突いた男にそんな楽な道は選ばせないということだ。

帆に火がついた。

凄六丸が赤々と燃え始める。若衆たちは海に飛び込み、猪牙舟に乗っている。これから仕上げだ。

「よくも菊造さんをっ、あんたなんか溺れてしまえ」

彩夏が両手を突き出してきた。

「おまえさんも、簡単には死なせないっ」

風太郎は彩夏に抱きついた。彩夏は紺に盲縞（めくらじま）の小袖だ。その胸襟をくわっと開く。

「えっ。何をする」

「燃え尽きるまでやろうじゃないか」

言いながら彩夏の前身頃を捲り、御満処を剝き出しにする。

「あんた、死ぬ気か」

「そのぐらいじゃないと近頃燃えなくてな」

己の前も開いて肉の尖りを出した。

「いやぁあああ。逃げようよ。あんたなんかと死ぬかっ」

彩夏は抗ったが、片脚を持ち上げてぐさっと挿し込んだ。激しく首を振る割には彩夏の淫層は見事なほどに濡れていた。

「あぁあああああ、こんな場面で抜き差しなんかしないでっ」

「いいっ。締まるっ」

炎に包まれ、死の恐怖と対面しているせいか彩夏の膣はぶるぶると震えていた。癖になりそうな締め付けだ。

風太郎はずんっ、ずんっ、ずんっと突いた。

ぐらりと凄六丸が傾いだ。煙が上がり妙に甘ったるい風に包まれる。吸うとなんだか心地よい。

「あんた、この匂いを吸い込んだら、本当に動けなくなるよ。あっ、やめてっ。いやんっ」

「旦那、いいのかよ。凄六丸と唐船をぶつけますよ」

橋蔵の声がする。衝突に見せかける工作だ。

「おぉ、やってくれ」

がつんと強い衝撃が走る。

凄六丸と唐船がぶつかるように、猪牙舟に乗った若衆たちがそれぞれの側面を押していた。

どかん、どかんと船同士がぶつかる。唐船はすでに若衆たちの手によって打ち壊された状態になっていたので、衝突するたびに大きく崩れ、徐々に沈み始めている。

凄六丸のほうは炎上だ。

大きな火の手のようにみえる帆が柱ごと崩れ落ちてきた。

「いやぁあああああああああああ」

泣き叫ぶ彩夏の尻を抱き、風太郎は海に向かって飛んだ。

「いくぅうううううう」

「出るうっ」

互いに絶頂に達しながら、対面座位の格好で海面に衝突した。

大きな波しぶきがあがったようだった。

*

後日談になる。

凄六丸と唐船が房総沖で壮絶な火災を起こし沈没した三日後、日本橋花田屋は自ら暖簾を下ろした。

当主の源六と次男の麻次郎の屍骸(むくろ)は、銚子(ちょうし)沖に上がったそうで、花田屋は嫡男の宏保が継いだ。だが宏保は今後は商いはせず、長崎で薬草師になるべく修業をするという。

宏保は己が薬学の研鑽のために工夫した苦薬を氷砂糖に包む製法が、阿片を金平糖に包み隠すのに悪用されたとは思いもしていなかったのだろう。

大麻も同じだ。宏保はあくまで病の苦しみを和らげる薬草として栽培を進めていたにすぎない。それを父と弟が朦朧薬、媚薬としての効能を悪用したのだ。

奉行所は花田屋が不始末後ただちに暖簾を下ろしたことを重く受け止め、宏保の調べは行なわなかった。

調べれば幕府要人の影が見えてしまうかもしれないからだ。

結果、鳥居耀蔵は、疑われることもなくこの件は幕引きとなった。

重要なことがある。

第十一代将軍であり大御所として君臨していた徳川家斉は、天保十二年閏一月七日に逝去していた。

幕府はこのことを一月三十日まで秘匿していた。死因に疑念があったともされ、また権力の移行にさまざまな駆け引きがあったと推測できる。

このことは下級武士である真木風太郎にもいくらかの影響があった。

まず、権力が完全に本丸に一本化された卯月（四月）。

南町奉行として十九年もの長きに渡り町の治安を担ってきた筒井正憲が、大御所のいなくなった西の丸の留守居役に転じた。体のよい家斉派はずしである。

このことに伴い、筒井は年番方与力松方弘之進と風紀紊乱改め方裏同心の真木風太郎を南町から北町へ異動させた。裏同心のことは、とことん隠しておかねばならないという判断からであった。

南町奉行には小普請奉行だった矢部定謙（やべさだのり）が就いたが、八か月で罷免（ひめん）となった。案の定、次に着任したのは鳥居耀蔵であった。

風太郎は鳥居の配下となることを、ぎりぎりのところで免れたのである。もしも裏同心としての役目が知られたならば、抹殺されていたことだろう。

そして北町奉行は筒井の盟友であった。

遠山左衛門尉景元（とおやまさえもんのじょうかげもと）、その人である。一年前に勘定奉行より北町奉行に就いた出世頭で、鳥居よりも格上である。

べらんめぇの遠山奉行。風太郎と気が合わないはずがなかった。なにせ、奉行みずから市中潜伏を好む、裏同心の鏡のようなお人である。

天保の改革反対派のひとりでもあった。

そのうえ筒井は西の丸とはいえ御城の中に入った。

――面白い探索ができそうだ。

風太郎はほくそ笑みながら吉原に向かった。きたるべき鶴巻の年季明けに備え、角町や揚屋町の小料理屋や台屋の様子を探索しておこうと思う。

皐月（さつき）（五月）の生ぬるい風が、風太郎の羽織の裾を揺らしていた。

コスミック・時代文庫

●●●●●●●●●●●●●●●●●●●●●●●●●●●●●●●●●●●●●

大江戸艶捜査網(おおえどつやそうさもう)
悪所廻り同心

2025年2月25日　初版発行

【著 者】
沢里裕二(さわさとゆうじ)

【発行者】
松岡太朗

【発 行】
株式会社コスミック出版
〒154-0002 東京都世田谷区下馬6-15-4
代表　TEL.03(5432)7081
営業　TEL.03(5432)7084
　　　FAX.03(5432)7088
編集　TEL.03(5432)7086
　　　FAX.03(5432)7090

【ホームページ】
https://www.cosmicpub.com/

【振替口座】
00110-8-611382

【印刷／製本】
中央精版印刷株式会社

ISBN978-4-7747-6616-4 C0193